SHY NOVELS

高潔な貴族は愛を得る

遠野春日

イラスト 櫻井しゅしゅしゅ

CONTENTS

高潔な貴族は愛を得る 007
あとがき 234

高潔な貴族は愛を得る

I

　ヒュー・カワード卿《きょう》が深刻な面もちで、主家の当主であるクレイトン公爵《こうしゃく》ヴィクターの元を訪れたのは、収穫祭を間近に控えて国中が晴れやかな活気に満ちたときだった。

「ボールドウィンの葡萄酒《ぶどうしゅ》工場、ドナリーの精麦所と続けざまにやられたうえ、今度はドレイパー海運まで？」

「はい。申し訳ございません、公爵さま」

　つっと眉を寄せ、切れ長の瞳を眇《すが》めたヴィクターの前で、カワード卿は丸く禿《は》げ上《あ》がった額に浮かぶ冷や汗をハンケチで押さえ、ひたすら恐縮する。どっしりと横幅のある体を縮こまらせて、いかにも面目なさそうだ。さぞや居心地の悪い思いでいるのだろう。

「取引先のことごとくにヴァレンタイン公爵家の手が回っておりまして、来月からの契約を急遽《きゅうきょ》撤回すると申すのです。もちろん違約金は払うとのことですが、それでは何も解決しません。船会社が荷物の受け入れを拒否するとなりますと、輸送の手段が限られてまいります。公爵さまお抱えの船二艘《にそう》を使ったとしましても、とても従来の量の積み荷は出せません。仕入れた商品が港で滞り、瞬く間に倉庫をいっぱいにするでしょう」

　葡萄と麦はクレイトン公爵家の治める広大な領地で生産される潤沢な財産だ。それら良質の原材料を使った葡萄酒と小麦粉は、数多くの取引先を通して国中に供給されている。先々代が確立した生産と販売の手順は、以来ずっとクレイトン公爵家に莫大な富と繁栄をもたらしてきた。また、先代から始まった他国との貿易業も、これまでずっと順調に進んできていたのだ。

「ただいま大至急情報を集めさせておりまして、詳細がわかり次第対応策を講ずるつもりではいるのですが、少なくとも一月ほどは苦境を強いられそうな気配です」

「このところやたらと横槍《よこやり》を入れてくるな。少し目に余る」

「本当に、夜分このようなご用件でお邪魔することとなりまして、なんと謝罪すればよいのやら言葉もありません」

「なに。貴公のせいばかりではあるまい。この私にも思慮の浅かった点があるのだ。その隙を突かれた……そういうことだろう」

「いえいえ、そのような。取引先の動きがおかしなことに気づくのが遅かった、我々の責任でございます」

「相手の策が我らより勝っていたというだけのことだ」

　今ここでカワード卿を責めたところで、事態が好転するわけでもない。

もちろん内心では若干の腹立たしさや焦燥を感じていたが、ヴィクターはあくまでも平静を保っていた。

先月の工場労働者たちによる突然の職務放棄といい、相次ぐ管理者層の不正といい、敵は内からと外からの二段構えでクレイトン公爵家に揺さぶりをかけてくる。巧妙かつ周到な手口だ。

「ともかく、船会社の件は早急になんとかせねばなるまい。明日にでも懇意にしている隣国の海運王クロスフォードに使いを出して、当面船を都合してもらうよう頼んでみよう。クロスフォードなら、なんとかこの窮状を救ってくれるだろう」

「ですが、港の支配はドレイパー海運の手中にございます」

「港は一つではない。隣国まで陸路で運び、そこから荷を出すのだ。経費は嵩《かさ》むがこの際背に腹は代えられまい。ヴァレンタイン公爵の手が隣国の港にまで及んでいないことを願うばかりだ」

「なるほど、そのような手段がありましたか。さすがは公爵さま」

ヴィクターは引きずるほど長いガウンの裾《すそ》を払いつつ、革を張った執務用の椅子から立ち上がった。大きな机の角を回り、畏《かしこ》まって頭を低く下げているカワード卿のすぐ前に移動する。机の端に浅く腰を預け、胸の前で腕を組んだ。

「クロスフォードとの話は私がつける。つい先日もたまたま美術品のオークション会場で顔を合わせたが、相変わらず当家が保管する絵画類に並々ならぬ関心を寄せていた。不本意ではあるが、そのうちのいずれかと引き換えにしようと言えば、ヴァレンタイン公爵との間にどのような密約があったとしても、クロスフォードは私との取引を優先させるに違いない」

「そこまで公爵さまのお手をお煩《わずら》わせしなくてはなりませぬとは、返す返す面目ございません」

カワード卿はまたもや汗を拭い、心底申し訳なさそうにする。

「最終的には私の管理すべき事柄だ。貴公らは、我が方の要であるモーガン商会には手をつけられぬよう、いっそう気を引き締めて防御に当たってくれ。むろん、チャンスがあればぜひとも反撃し、敵対するヴァレンタイン公爵に一矢《いっし》報いてやることも忘れずに」

「はっ。仰せの通りにいたします」

「貴公も気苦労が絶えず大儀だとは思うが、ここが正念場だ。これ以上向こうの勝手にさせるわけにはいかない。それにしても、その新しく仕え始めた策士というのは、いったいどのような者だ。調べはついたのか」

「は、はい、それが……」

カワード卿は戸惑いを隠さず口籠《くちご》もる。

「どうした？　申してみよ」

前々からヴァレンタイン公爵の策士に関する情報を望んでいたヴィクターは、歯切れの悪いカワード卿に不審を覚えつつ促した。未《いま》だ何もわかっていないということはないだろう。カワード

卿は決して無能ではない。

「それがどうも、さっぱり正体が摑めません。ヴァレンタイン公爵自らが、どこか地方の町から連れてきて召し抱えた者らしいのですが」

今のところそれ以上はわからない、とカワード卿は恐縮する。

ヴァレンタイン公爵ネヴィルの懐刀《ふところがたな》という評判で、公爵の側近以外、実際にその策士を見た者はいないようだと言う。

「まだ十代の美青年だという噂もあれば、男装した女性だの、二十代後半の男だの、実は老人だのという話も聞きまして、真実を確かめる術が今のところありません」

「そうか。まぁ、いい。ネヴィル殿のことだ、いずれ必ず自慢の懐刀を見せびらかしに向こうから来るだろう。これまでの経過ですでにある程度満足しているに違いないから、そう先のことでもないはずだ」

「はい。ヴァレンタイン公爵ならば、きっと」

カワード卿も即座に頷いた。

ヴァレンタイン公爵ネヴィルは相当な野心家であり、自信家でもある。敵と見做《みな》す男への報復に成功し、黙って溜飲を下げるなどという慎ましさはない。勝利を得たと思ったら、次には悔しがる相手の顔を見て、さらに満悦したがるいやらしさの持ち主だ。

今年花の頃、先代である父が病没し、嫡男のヴィクターがクレイトン公爵となってから、ヴァレンタイン公爵はそれまで以上に敵意を剝き出しにして、挑みかかってくるようになった。

クレイトン公爵家とヴァレンタイン公爵家。二つの公爵家は、それぞれ現国王の親戚筋に当たる、この国きっての大貴族だ。

と同時に、次期王位継承権を争い合う関係にもあった。

現国王クレイグ四世には子供がいない。一度は妃との間に王位継承権のある男子をもうけたが、あろうことか、幼いうちに流行病《はやりやまい》で亡くなってしまったのだ。もともと政略婚で海の向こうの寒い国から仕方なく嫁いできた妃である。とうに夫婦仲は冷め切っており、次子を孕《はら》むことなく今に至っている。

両公爵家のうちどちらかの当主を次期国王にする、という話が内々に取り決められたのは、五年前、クレイグ四世が五十歳の誕生日を迎えた日だ。もう妃はもとより側室との間にも王位継承権のある男子をもうけられる可能性はないと考えての決断だったのだろう。

どちらを選ぶかは国王の死後、大臣らと枢機卿《すうききょう》らで話し合いの席を設け、決定する。

そう告げられたとき、クレイトン公爵家の当主はまだヴィクターの父だった。

先代と現国王、そしてヴァレンタイン公爵は、おのおの従兄弟《いとこ》同士の間柄だ。クレイトン公爵家をヴィクターが継いだ時点でヴァレンタイン公爵は、年長者であり、ヴィクターよりも王と近い血を持つ自分こそが次期国王として認められるべきだと主張した。

確かにヴァレンタイン公爵の説には一理あった。同様に考える学識経験者らも多い。

しかし、国王は先の取り決めを覆《くつがえ》す意思をいっさい示さず、ヴィクターにも権利があると明言した。

ヴァレンタイン公爵が歯噛みして、ヴィクターを目の敵にし始めたのも、わからなくはない。

この若造め、身の程知らずが、と顔を合わせるたびに苦々しく思っているのがひしひしと感じられる。

ヴィクターは王位に就《つ》きたいという気持ちは特にない。

ただ、ヴァレンタイン公爵が次の国王になるのを、諸手《もろて》を挙げて賛成かと問われれば、残念ながら首を横に振るだろう。従兄弟小父《いとこおじ》とはいえヴァレンタイン公爵が王の名を冠するにふさわしいかどうかは、正直疑問だ。なんとなく、きな臭さを感じてしっくりこない。だから、ヴァレンタイン公爵から暗に辞退を勧められた際、ヴィクターは従わなかった。

ヴァレンタイン公爵が怒り、敵対行動に転じたのは、それからだ。

「だが、私もやすやすと屈服するわけにはいかないのだ」

「その通りでございます、公爵さま」

カワード卿が深々と腰を折る。

「これまではヴァレンタイン公爵の策士めにまんまとしてやられましたが、今後はもう好き勝手にはさせません。そろそろこちらも相手のやりようが読めてまいりました。公爵さま、どうぞいましばらくご辛抱くださりませ。今後はもう二度とこのような失態は犯しません」

「ぜひそうしてくれ」

「はっ」

「下がってよい」

ヴィクターはカワード卿への信頼を失っていないことを匂わせると、退去を命じた。

訪れた時の消沈ぶりを忘れ去ったかのように、カワード卿はしっかりとした足取りでヴィクターの居室を出ていった。

「策士、か」

一人になってから、ヴィクターは苦々しく呟いた。

昔からなにくれとなくお互い引き合いに出され、二大貴族というふうに必ず並び称されてきたせいか、両家の間の確執は根深いものがある。

ことに、次期王位継承権というかつてない新たな火種が生じてから、溝はますます広がった。

ヴァレンタイン公爵は虎視眈々《こしたんたん》と王位を狙っており、隙あらばヴィクターを困窮させ、跪《ひざまず》かせようという腹なのだ。

意味のない争い事は嫌いな質《たち》だが、ヴィクターとしても黙って手をこまねき、ヴァレンタイン公爵の思い通りになるわけにはいかなかった。公爵のやり方は目に余る。放っておけば増長し続け、もっと卑怯で乱暴な手に出てこないとも限らない。

ヴィクターにも代々続いてきた公爵家を守る義務がある。また、大貴族の人間として国王に忠誠を誓い、守り、協力して、共に国を繁栄させていかなくてはならない立場だ。現国王の在位中によけいな揉め事を起こし、国王を煩わせたくはない。そのためにやらねばならないことは、どんなことでも躊躇《ちゅうちょ》せずにやるつもりだ。万一、ヴァレンタイン公爵に国と王に対する反逆行為があったなら、見逃すつもりは毛頭なかった。

平和主義で信仰心厚く、知性と優しさに溢れたクレイグ四世の人となりを、ヴィクターは深く敬愛している。亡くなったヴィクターの父もそうだった。

できれば六十を超えても七十を超えても永らえて国を治めていただきたいと願っている。クレイグ四世と比較すれば、若輩者《じゃくはいもの》の自分などとても王の器ではないと自覚している。なんといっても、今年二十三歳でクレイトン公爵の名を継いだばかりだ。すでに四十を超えているヴァレンタイン公爵と覇権を争うにしても、いろいろと不利な立場にいることは否めない。しかし、だからといって公爵の傍若無人な振る舞いに黙して従うことはできなかった。

いったいどんな人物がヴァレンタイン公爵の策士として暗躍しているのか。

公爵同様、無慈悲で冷淡かつ欲深な者だろうか。

いや、とヴィクターは考えた端から首を振った。

少なくとも無慈悲ではない。それどころか情深いところのある者だ。目先の得ばかりに目を晦《くら》まされることなく、将来的な物事の流れを察知して、それを踏まえたうえで行動する頭のよさと秀れた分析力を持ち合わせている。そのことはカワード卿の話した妨害工作の詳細から察せられた。ヴァレンタイン公爵の名を使えば、もっと徹底的にやれた部分も多々あったはずだが、社会的弱者である生産者層の生活を極力脅《おびや》かすことのないよう配慮しているのが、ところどころに感じられる。公爵家同士の争いに、一般市民まで巻き込むのは避けようという考えなのだろう。おそらくそれは、ヴァレンタイン公爵の指示ではあるまい。策士の良心の表れと見ていい。

そんな気配りのできる人間が、こともあろうにヴァレンタイン公爵の懐刀なのかと思うと、なんとも合点がいかない。策士自身、弱みを握られて、仕えることを強要されているのかもしれない。

そこまで考えて、ヴィクターはふっと唇を綻《ほころ》ばせ、緩く首を振る。

相手がどんな人物かなど、想像を逞《たくま》しくしてみても詮《せん》ないことだ。

もう一度執務机に座り直すと、抽斗《ひきだし》の中から公爵家の紋章が透《す》かし模様《もよう》にされた厚手の便箋《びんせん》を取り出して広げ、羽根ペンの先をインクに浸す。

隣国の海運王クロスフォードへ宛てた手紙だ。

大切にしている絵画コレクションを、一枚とはいえ譲るのは決意を要することだったが、他の策を講じる間にも敵は新たな攻勢をかけてくる可能性が高い。そうなる前に一刻でも早くできる限りの手を打っておく必要があった。夜分遅くであっても、カワード卿が報せに来てくれたのは英断だったのだ。

静かな部屋にカリカリとペンを走らせる音が響く。

手紙を書き終え、大判の封筒に入れて蠟《ろう》で封緘《ふうかん》すると、ベルを鳴らして小姓を呼んだ。

「それを明日の朝一番に、速駆けの使者に言づけるように」

「はい。畏《かしこ》まりましてございます、公爵さま」

栗色の巻き毛が愛くるしい小姓は、紋章入りの手紙を額の位置で押《お》し戴《いただ》くと、膝を折って一礼し、退出する。

ヴィクターは天鵞絨《ビロード》のガウンの裾を床に引きつつ、両開きの窓を開け、広々としたバルコニーに出た。

手摺《てす》りに寄り添い、真っ暗な戸外を見渡す。

遙《はる》か遠く、公爵家の広大な領地である森の彼方《かなた》に、民家の明かりが散らばっている。公爵家の居城は小高い丘の上に建っているため、麓《ふもと》の土地がよく見えた。

温かみのある黄色い灯火《ともしび》を目にするたびにヴィクターは癒され、心が落ち着く。

マーシャルロウ王国は平和だ。

少なくとも表面上は、クレイグ四世の下、均衡が保たれている。

できればこの先ずっと、このまま穏やかで満ち足りた日々が続いてくれればいいと願う。

しかし、中にはヴァレンタイン公爵のような、好戦的で大きな野望を抱いている人々もいる。

他国を侵略してもっと領土を増やしたいと考え、国王に進言する貴族らがいるのも事実だ。戦争をすれば儲けになると踏んでいる一部の豪商たちと手を組んで、己の懐を肥やす機会が訪れるのを待っていると聞く。

「不思議だな」

今のままで何が不足なのか。

ヴィクターの呟きに答えるかのように、いつの間にか足元に来ていた猫が鳴く。鳴きながらしなやかな胴体を擦り寄せてきた。

「ロウズ」

ヴィクターは飼い猫の名を呼ぶと、ひょいと右手でロウズの首根っこを摘み上げ、闇に溶《と》けていた真っ黒な体を胸に抱く。

ナァ、とロウズは再び鳴き、肩先まで伸びたヴィクターの黒髪に前足でじゃれついた。

「……ふん、そうか。おまえも今夜は寂しかったか」

最近執心していた雌猫《めすねこ》にふられでもしたのだろうか。厨房《ちゅうぼう》に迷い込んできたのを料理人たちが世話している、灰色の雌猫だ。ヴィクターの目からするとお世辞にも美猫《びびょう》とは言いがたいのだが、ロウズはたいそう気に入っているようだ。厨房では皆困っているとヴィクター付きの仕官が洩らしていた。公爵の飼い猫と迷い猫ではあまりにも身分が違いすぎると心配しているというのだ。それを聞いたとき、ヴィクターはめったになく声を出して笑ってしまった。猫も大変だと気の毒に思ったのだ。

「今夜は私の隣で辛抱するのだな」

ヴィクターはロウズの背中を撫でながら、バルコニー伝いに隣室に入る。

執務室の隣は寝室だ。広さはほぼ同じで、中央に豪勢な天蓋《てんがい》が三重に掛けられた大きな寝台が据えられている。

寝室の隅にある巨大な陶製の暖炉《だんろ》にもすでに火が入れられており、室内は心地よく暖められていた。

ロウズがするりとヴィクターの腕を擦り抜けて、優雅な仕草でトンと床に下りる。そして慣れた足取りで寝台に飛び乗った。

たまには猫と一緒に寝るのも悪くない。

気が向けば、お気に入りの小姓を呼んで夜伽《よとぎ》を申しつけるのだが、どちらかといえばヴィクターは禁欲的な質だ。大貴族の当主でありながら、婚約者すらいない。それは、先代が古くからのしきたり云々《うんぬん》と堅苦しいことを言う人物ではなかったことが影響している。身分にかかわらず、本当に自分が望む人と結婚すればいい——そう言われて育ってきた。

もう一度呼び鈴を鳴らすと、今度は先ほどとは違う小姓がやってきた。

続きの間にある浴室で湯浴みの世話をさせる。小姓はヴィクターの髪を念入りに洗い、手足の爪一本一本にブラシをかけ、仕上げには全身を香油でマッサージする。ヴィクターから話しかけない限り、小姓が口を開くことはない。金木犀《きんもくせい》の芳香が立ち籠めた浴室内は静かで、衣擦れの音や息遣いのような些細な音まで耳を打つ。

「収穫祭が終われば、あっという間に寒《かん》の月《つき》が来るな」

マッサージ台に俯《うつぶ》せになり、小姓の心地よい手を背中に感じつつ、ヴィクターは感慨深げに言った。

寒の月の後は花の頃、先代が亡くなった日が再び巡ってくることになる。

ああ、まだ自分は父との約束を果たせていない、と忸怩《じくじ》たる思いに駆られた。父の死ぬ間際、人払いをして二人きりになったとき、ヴィクターは父からくれぐれもと頼まれて、ある人物を捜し出すと誓っていた。できるだけ早くと言われていたのだが、ヴァレンタイン公爵の策に弄《ろう》される日々が続き、なかなかそちらに集中する余裕がないまま今日まできてしまった。

早くその忌々しくも小賢《こざか》しい策士の裏をかき、ネヴィル従兄弟小父に何を仕掛けてこようと無駄だと知らしめなければ。

ヴィクターは軽く唇に歯を立て、どうするべきか真剣に考えた。

しばらくしてマッサージを終えた小姓が、起き上がったヴィクターの裸身に恭《うやうや》しく薄絹の寝間着を羽織らせる。

さらにその上から湯冷めせぬように厚手のガウンを重ね、寝室に戻った。

寝台の中ほどに、ロウズが大きな態度で先に丸くなって眠っている。

ヴィクターは肩を竦めると、厚かましい猫を避《よ》け、寝台の右端に横になった。大の大人が四人並んで寝られるほど大きな寝台だ。いちいち文句をつけて猫の機嫌を損ねる必要はない。

無益な争いはしないヴィクターの性格は、猫を相手にも変わりなく発揮されるのだった。

＊

豪奢《ごうしゃ》な細工を施したコモード上に置いてある燭台《しょくだい》の明かりが、薄く開いた窓から吹き込む風に煽られジジッと音をたてて揺れた。

コモードの脇に立ち、見るとはなしに三本の炎に視線を当てていたレイモンドは、ふっと窓辺を振り返り、ふわりと夜風に靡《なび》いている薄いレースのカーテン越しに真っ暗な戸外に目をくれた。すでに夜半を過ぎている。

中庭を通してちらほら洩れていた向かいの棟の明かりも、すでに一つ残らず消えている。公爵夫人も侍女たちも、皆寝室に引き取ったようだ。

広々とした公爵の居室には、レイモンドの他に二人の男がいた。

室内の中心で、お気に入りの椅子に悠然と腰かけ、葡萄酒入りのゴブレットを手にしているヴァレンタイン公爵ネヴィル。そして、公爵の腹心の部下であるアラン・チョーサーだ。

「そうか。早くもクレイトン公爵家の積み荷は港の倉庫をいっぱいにして立ち往生しているというわけだな。はっはっは。痛快だ」

口の周りに生やした髭《ひげ》を、指輪だらけのごつごつとした手で撫でながら、ネヴィルはたいそう機嫌よく笑う。

その少し甲高い耳障《みみざわ》りな声を聞くたびに、レイモンドは不快を覚え、背筋がぞくりとする。公爵には世話になっていると感謝する一方で、あまり感じのいい人物ではないと恐れているのも、否定できない事実だった。

もしかすると、高貴な身分の人たちというのは、皆たいがいこんなふうなのかもしれない。公爵一人しか知らないレイモンドには実際のところはわかりようもないのだが、そもそもレイモンドがここにいる理由を考え合わせても、あながち間違いではないだろう。

「自慢の麦や葡萄酒の樽《たる》も、倉庫から出さずに保管しておくばかりでは詮ないというもの。そのうちネズミにでも囓《かじ》られて使いものにならなくなるのを待つばかりだ」

「クレイトン公爵はさぞかし歯軋りしていることでしょうな。莫大な損失ですぞ」

チョーサーも酷薄なにやけ面をして追従《ついしょう》する。

一代で成り上がった豪商のチョーサーは、身分こそ低いがそこいらの貴族たちが足元にも及ばぬほどの財力を持っている。ここまでのし上がってくるには、狡猾さと冷酷さが不可欠だったのだろうか。品性のかけらもないみだりがわしさに満ちた人物で、国王の従弟であるネヴィルへの媚びへつらいようは傍で見ていても見苦しい。

「この調子であの生意気な小僧をもっともっと苦しい立場に追い込んでやる。身の程知らずの若輩者めが！」

ネヴィルがいかにも憎々しげに、吐き捨てる。

レイモンドはぴくりと耳を震えさせ、息をするのにも気を遣った。できることなら、この場に自分がいることをネヴィルが失念してくれていればいいと思う。そのために、できるだけ気配を消して目立たなくするよう努力した。

だが、しょせんそんなことは無意味だった。

「レイモンド」

息を詰めた途端ネヴィルに居丈高に呼ばれ、レイモンドは「は、はい」と上擦った声で返事をする。

「ここに来い」

「……はい、すぐに」

嫌な予感に胸騒ぎがするが、レイモンドはネヴィルに逆らえない。王家に次ぐ格式の高さを誇る大貴族の家の当主だ。しかもレイモンドにとっては、ある意味恩人ともいえる人だ。畏怖の気持ちや、相容《あいい》れないと感じる部分は多々あれど、目的を遂げるまでは与《くみ》するほかない。

小卓を挟み、上座の位置にネヴィル、下座の位置にチョーサーと、傲岸な雰囲気を纏《まと》った迫力ある男たちの前に進み出る。

ジロジロと遠慮のない眼差しで全身を舐め回すように見られる。

チョーサーだ。

レイモンドはあえてチョーサーから目を背け、主である公爵の足元に跪くと、深く頭《こうべ》を垂れた。

首のあたりで一纏《ひとまと》めにした長い金髪の束が、頭を下げた拍子に左肩から前に、ふさりと滑り落ちてくる。その髪にも、露《あらわ》になったうなじにも、斜め後ろから執拗な眼差しを注がれ、レイモンドは落ち着けなかった。まるで品定めされているかのようだ。頭の中で衣服を一枚残らず剝ぎ取られ、全裸にされている心地がする。

「よくやったな、レイモンド」

野卑な目でじっくりと観察されて動揺していたところに、ネヴィルが猫撫で声でレイモンドを労《ねぎら》った。

「今度もまた見事な目のつけどころ、相手が防御に出て手段を講じる前に策をやり終える素早さ、感心したぞ」

「お褒めにあずかりまして恐縮です、公爵さま」

ますます深く頭を下げ、レイモンドは恭しく申し上げた。

ネヴィルの前ではどうにも緊張してしまう。いかにも権力者然とした冷たく細い目に晒されると、身が縮む思いがする。

長閑《のどか》な田舎の町に生まれ育ったレイモンドには、華やかで洗練された都の貴人はあまりにも馴染みのない存在だ。ことにネヴィルのように国王の従弟などという人物は、まさしく雲上人《うんじょうびと》だった。

初めて顔を合わせ、声をかけられたとき、よもやここまで身分の高い人とは思わなかった。

どうしても収まりきらぬ感情に突き動かされてネヴィルについてきてしまったが、後になってネヴィルの地位や人となりを知るにつけ、なんと大それたことをしてしまったのかと青ざめたものである。

「これでまた一つ、亡き両親の仇《かたき》に一矢報いてやれたな」

「はい。ありがとうございます」

「しかし、まだまだ満足してはならぬ。その方もこれで納得しておるわけではあるまいな？」

「……はい……」

レイモンドは躊躇いながらも、この場はとりあえずネヴィルに逆らわず頷いた。ここでそれ以外の返事をすれば、ネヴィルはたちどころに機嫌を損ねる。ここまでしてやっているのに今さらなんの不満があって途中で復讐《ふくしゅう》を放棄するなどという恩知らずなことを言いだすのかと、レイモンドを徹底して責めるに違いない。すでに何度もそんなことがあったのだ。しかも今宵《こよい》は、残酷で容赦のないチョーサーまでこの場にいる。先ほどからレイモンドに落ち度が生じるのを手ぐすねひいて待ち構えているようだ。

ふむ、とネヴィルが何やら思案する間をつくる。

レイモンドは俯《うつむ》いたままそっと睫毛《まつげ》を伏せた。

嫌な間だ。こういうときは、たいていろくなことにならない。背筋を寒気に似た震えが走り抜ける。

「レイモンド、どうもおまえは最近復讐への熱意が冷めてきているようだな？」

ややあって再びネヴィルが口を開く。

「いいえ、決してそのようなことは……」

「ほお？　それは聞き捨てなりませんな」

否定しかけたレイモンドの言葉に被せ、それまで成り行きを見守っているだけだったチョーサーがここぞとばかりに野太い声を出し、身を乗り出す。

レイモンドは蒼白になり、おそるおそる目だけ上げ、チョーサーの真四角にエラの張った赤黒い顔をそっと窺《うかが》った。分厚くて幅広の唇をちらちらと舌先で舐めながら、小さく埋もれた黒い瞳にはあからさまな欲情を浮かべている。それらを目にした途端、レイモンドは見てしまったことを後悔し、不穏に騒ぐ胸を静めるのがますます困難になった。

「公爵さまがこうしてお心を砕いてくださっているというのに、肝心のおまえが及び腰になっているとは、これまたどういうわけだ？　この無礼者め」

チョーサーは毛むくじゃらの大きな手でパシンと自分の膝を打ち、いきなり立ち上がる。

「いいえ、及び腰になどなってはおりません！」

あえてチョーサーには顔を向けず、レイモンドは公爵に向かって頭を下げ、訴えた。

「罪もない両親を戯れに殺された恨み、今も変わらず胸に抱いております。できることなら、子息ではなく当の本人に思い知らせたかったのは山々ですが、病没されたとあっては致し方ありません」

「本気でそう思っているのか？　おまえの復讐の切っ先、このところ少々鈍っているように感じられるが、どうだ。正直に申してみよ」

いきなり閉じた扇子《せんす》の先でぐいっと顎を擡《もた》げられる。懐に差していた扇子《せんす》をいつの間にか手に持っていたらしい。

まだ四十二という話だが、ネヴィルの面長の顔には深い皺《しわ》が刻まれている。始終顰《しか》めっ面《つら》をしているせいだろうか。老獪《ろうかい》な目つき、そして銀というより白に近い光沢のない髪と相まって、五十歳を超えているようにさえ見える。

レイモンドは無理に上げさせられた顔を背けることもできず、そっと目だけ伏せてこくりと小さく喉を鳴らした。

なぜネヴィルがこんなふうに問いつめるのか、レイモンドにもわかっている。

実のところ、レイモンドは少し迷い始めていたのだ。

家を離れ、寄宿舎に入って学業に勤《いそ》しんでいたレイモンドのところに、ある日突然信じがたい報《しら》せが届けられた。父と母が無惨にも斬り殺されたというのだ。あまりにも唐突な事件に、一時期レイモンドは放心状態に陥るほど衝撃を受けた。穏やかで教養豊かな好人物だった父。質素ななりをしていても隠しようもない美貌と天使のような優しさで町中の人々から愛されていた母。そんな二人がなぜ、と理不尽さと無慈悲さに歯噛みして、涙も零せないほど深い悲しみに襲われた。

当初、手を下したのは強盗目的の輩《やから》だということになっていた。確かに、父は地方の大学で教《きょう》鞭《べん》を執《と》る学者で、比較的恵まれた暮らしをしている家だと見做されていた。目をつけられたとしても不自然ではなかったかもしれない。

しかし、その後、荒れ果てた部屋を片づけていたとき、侵入者が落としていったものと思しき銀製のバッジが見つかったのだ。

初めはなんだかわからず、ただ保管しておいた。

そこに噂を聞いて驚き、取るものも取りあえず駆けつけたという人物が現れた。父の旧友を名乗る、ネヴィルに仕える従者の一人、ダレン・ベローだ。レイモンドは彼の弁で、自分が生まれる前まで父がクレイトン公爵家の従者だったことを、初めて知った。父とベローは学生時代の友人だったらしい。大学を出た後、たまたま仕えた先が敵対関係にある家だったため、ずっと疎遠になっていたそうだが、悲惨な事件に巻き込まれたと耳にして居ても立ってもいられずに来たと言っていた。

拾ったバッジにはクレイトン公爵家の紋章に使われる意匠の一部が使われており、落としたのは間違いなく公爵の手のものだとベローによって教えられた。

どういうことでしょう、と事態を呑み込めなかったレイモンドは困惑した。父と母は金目当ての強盗に襲われたのではなかったのか。

すると、ベローは言いづらそうにしながら、もっと驚くことを言った。

実はレイモンドの母はとある貴人の情婦だったのだが、愛情のないまま貴人の慰み者にされていた自分の身を嘆き、不義と知りながらも恋仲になった父と都から駆け落ちしてきたというのだ。

その、とある貴人とはクレイトン公爵で、公爵は情婦と従者の二人に裏切られ、激怒した。巧みに隠れた二人の行方を捜し出させ、報復の機会を狙っていたという。

いつかこんなことになるんじゃないかと心配していた、案の定だ、と嘆くベローに、何もかもが初耳だったレイモンドは混乱した。冷酷無比な公爵に恨みを感じないのか、と聞かれれば、当然ひどい話だと胸が痛んだ。優しくて愛情深い二人に、大切に大切に育てられてきたレイモンドの幸福は、二人の死を境に引き裂かれたのだ。

都に来るのだ、とベローは断固とした調子でレイモンドの決意を促した。

自分の主であるヴァレンタイン公爵がきっとおまえの力になってくださる――そう言われてなお尻込みするのは、非業の死を遂げた両親を裏切ることになる気がして、レイモンドは覚悟を決めた。ヴァレンタイン公爵の力を借りてクレイトン公爵に復讐すれば、少しでも父と母の遺恨を晴らせるかもしれないと思った。

　あれからそろそろ一年が経とうとしている。

　レイモンドをヴァレンタイン公爵に引き合わせてくれたベローは、それからひと月もせぬうちに体調を崩し、従者としての勤めが果たせなくなったと暇乞《いとまご》いして田舎に帰ってしまった。ベローを頼りにしていたレイモンドは不安に包まれたが、ネヴィルは引き続き面倒を見てやるから心配するな、と言ってくれた。そして、ひたすら復讐することだけ考えろとレイモンドを諭したのだ。

　レイモンドはネヴィルの言うがまま、まずはクレイトン公爵家を経済的に破綻させる策を練った。公爵家が資本を出して運営している五つの事業について細部まで調べ上げ、妨害工作を施し、莫大な損失を与えて潰してしまうというものだ。

　父譲りの頭のよさで、子供の頃からあらゆる方面に豊富な知識と理解力、それに鋭い洞察力を発揮し、周囲を唸《うな》らせてきたレイモンドの立てた策略は、見事に実を結んだ。クレイトン公爵に気取られぬよう、少しずつ種を蒔《ま》いて準備していたものが、いよいよいっきに、連鎖的に、表面化し始めた。さぞかしクレイトン公爵家は動揺しているだろう。

　この気の長い攻略に、ネヴィルの理解と猶予《ゆうよ》を求めるのは、辛く大変なことだった。気短なネヴィルとその配下にはレイモンドの手段が生ぬるく映り、苛立ちを招くばかりだったのだ。なんでもいいからもっと早く結果を出してみせるのだ、と何度厳しく叱責されたかしれない。

それでもレイモンドは、自分にはこのやり方しかできません、と貫き通すしかなく、どんな手酷い罰を受けても堪えてきた。

唯一の誤算は、あろうことか仇であったクレイトン公爵が、今年、花の頃に、流行病で死去してしまったことだ。

亡くなったと聞いたときには、それまで必死に耐えてきたことすべてが無に帰《むき》したような、猛烈な虚しさと悔しさに襲われ、呆然となった。まさに青天の霹靂《へきれき》としか言いようがなかった。四十八という若さのクレイトン公爵が、自分の手にかかることなく病などで亡くなってしまうとは、ちらりとも考えたことがなかったのである。

レイモンドは激しく後悔した。もっと早く直に公爵に迫って、両親の無念を晴らすべきだった。何をぐずぐずと躊躇《ためら》い、遠回しなことをしてきたのかと、自分で自分を殴りつけたくなった。

ネヴィルはそれ見たことかと言わんばかりにレイモンドを皮肉り、罵倒した。

しかし、計画を放棄しろとは言わず、しばらく経つと以前よりもっとしゃかりきになって、なんとしてでもクレイトン公爵家を破滅させるのだと命じるようになった。

どうやら、公爵家の跡を継いだヴィクターは、先代以上にネヴィルの不興を買ったらしい。先代同様、ヴィクターがどんな人物なのかレイモンドが知るところではなかった。だが、ネヴィルが蛇蝎《だかつ》のごとく嫌い、ことあるごとに忌々しい若造め、と憤慨している様子から、権力を笠に着た傍若無人な人物なのだろうと想像するのみだ。

肝心の復讐相手がいなくなり、レイモンドは迷い、悩むようになった。何かにつけて虚しさに囚われ、自分が成そうとしていることが無意味に思えるときがたびたび訪れる。

そんなレイモンドに、ネヴィルは、クレイトン公爵家の人間ならば誰を相手に復讐しても同じこと、亡きレイモンドの父母もそれを望んでいると強固に言い続けた。今さら復讐をやめることなど許されないと言い放ったのだ。

果たしてそうなのだろうか……。

おりしも、経済的な報復が実を結び、次から次へとクレイトン公爵家に不利な状況が勃発《ぼっぱつ》していく中、レイモンドの迷いはますます大きくなっていく。

ヴィクターとはどんな人物なのか、一度会って確かめたい気持ちも生まれていた。

先代と同じく残酷で身勝手な男なら、躊躇うことなく仇を討つ気になれる。

ネヴィルに扇子の先で顎を持ち上げられたまま、レイモンドはしばしの間逡巡し、返事ができずにいた。

「ふん、この軟弱者めっ！」

痺れを切らしたネヴィルが、いきなり扇子でレイモンドの左頬をバシッと鋭く叩く。

そのまま間髪容《かんはつい》れず足で乱暴に蹴られ、レイモンドは尻餅をつく格好で毛足の長い絨毯《じゅうたん》の上に倒れた。

「あっ……!」

「おおっと」

いつの間にかすぐ背後まで来ていたチョーサーの、太くて短い棍棒《こんぼう》のような足に肩がぶつかる。

レイモンドは乱れた髪を顔に降りかからせ、恐ろしさに身を竦めた。

「少し懲らしめてやれ、チョーサー」

「畏まりました、公爵さま」

「家来どもを呼んでやるから、皆で朝まで好きにしろ」

チリン、チリン、と涼やかな鈴の音が鳴り響く。ネヴィルが脇に置かれた脚の長い小卓に載っていた呼び鈴を振ったのだ。

レイモンドは顔を伏せた。小刻みに震え続ける体を必死に抑えようと、左手を回して右腕をぎゅっと摑む。だが、震えは治まるどころか激しくなるばかりで、背後から「さぁ、立て」とチョーサーに背中を小突かれても、すぐには体が動かせないほどだった。

ノックの音がして、大男の従者二人が入ってくる。

逆らえない。レイモンドは唇を嚙み、諦めた。

下手に逆らえばもっと酷い目に遭わされる。そのことは、すでに何度も身をもって知らされていた。

従者二人に両脇を挟まれ、隣室に引きずっていかれる。

そこはネヴィルが余興を楽しむためにわざわざ調《ととの》えさせた、寝台のある小部屋だ。室内に据えられているのは寝台だけでなく、さまざまな性的拷問具《ごうもんぐ》もあった。一見可愛らしいが、鞍《くら》の部分に恐ろしい突起を生やした木馬や、壁と天井に施された拘束具。小さな抽斗がたくさんついたチェストには、得体の知れない効能を持つ練り薬《ねぐすり》や液体の入った美麗な容器、淫猥な形をした玩具などが仕舞われている。

罰だ、と称して最初にここで凌辱の限りを尽くされたのは、公爵家に来てしばらくしてのことだ。理由は些細なことだった。初めてのことにレイモンドは驚き恐怖した。以来、不手際があると暴行を繰り返され、ネヴィルに逆らえなくされていた。

ネヴィル自身は手を下さないが、葡萄酒を飲みながらレイモンドが痴態の限りを披露する様を眺めるのは好きらしく、気が向けば室内に置かれている安楽椅子に座りに来る。

「やめて……やめて、お願い！」

小部屋に連れ込まれるなり力任せに服を引き裂かれ、胸元をはだけさせられたレイモンドは、怯《おび》えた声で叫んだ。

男にしてはひどく華奢なレイモンドにとって、今夜ネヴィルに呼ばれた従者二人はあまりにも巨漢で、否応なく恐怖心が煽られる。扱い方もずいぶん乱暴で、いつもは虫酸《むしず》が走るほど嫌いなチョーサーに思わず哀願の眼差しを向けてしまうほど容赦がなかった。

「さて、どうしてやろうか」

チョーサーは分厚くて形の歪んだ唇をべろりと舐めた。従者の一人に背中から羽交い締めにされ、もう一人にブーツやズボンを脱がされていくレイモンドを、野卑な目つきで愉しげに見て思案する。

その間にレイモンドは、下半身も、上半身に纏っていたブラウスもすべて剝ぎ取られ、全裸にされていた。

そこにチョーサーがずいと近づいてくる。

「相変わらず綺麗な男だな。ぞくぞくする」

「やっ……いや、あっ……！」

裸の胸にポツリと突き出た小さな乳首を無遠慮に摘み上げられ、レイモンドはビクッと肩を大きく揺らし、仰《の》け反《ぞ》った。背後にいる従者に両腕を後ろ手に摑まれているため、避けようにも避けられない。

がさついた指の腹で磨り潰すようにされた乳首は、たちまち充血し、硬くなってきた。

「ああ、あっ……い、いや……っ」

身動いで、頭を振り乱し続けたせいで、髪を結わえていたリボンが緩み、ついに外れる。

チョーサーは執拗に胸を弄《いじ》りつつ、レイモンドの長い金髪を掬《すく》い上《あ》げ、引っ張った。

「……んっ……あ」

痛みに眉を寄せ歯を食いしばると、間近に顔を寄せてきたチョーサーが酷薄に笑った。

「今夜は思い切り泣かせてやることにしよう。最近少しつけあがっていると公爵さまも嘆いておいでだ。手始めに、あれで遊ばせてやろう」

あれ、というチョーサーの目が、木馬に流れる。

レイモンドはひっ、と喉の奥で声にならない悲鳴を上げた。

チョーサーに顎をしゃくられた手空きの従者が、さっそく木馬の準備を始める。チェストから取り出した濃い緑色の瓶を傾け、手のひらにとろみのある液体を出す。それを、木馬の鞍《くら》に生えた卑猥な形状の棒に丁寧に塗りつける。

粘膜に触れると強烈な痒《かゆ》みを誘発する催淫剤《さいいんざい》の一種だ。

「やめて。許して……！」

いきなりあれに跨《またが》らされたら、たぶん正気でいられなくなる。

さすがにおとなしくしていられずに、レイモンドは必死になって抗った。

しかし、腕力のある大男二人が相手では敵うはずもなく、安楽椅子に座ったネヴィルやチョーサーに哀願が通じるわけもない。

レイモンドは寝台の足元に置かれたスツールに、腰を突き出す格好で腹這いに押さえ込まれた。

チョーサーの指で秘部を拡《ひろ》げられ、滑りをよくする香油を丹念にまぶされる。

そして、二人がかりで無理やり木馬の背中に乗せられた。

あらかじめ解されたとはいえ、それなりの太さと長さ、さらには歪《いびつ》な瘤《こぶ》がびっしりついた硬い木製の張り型に串刺しにされる辛さと恐怖心、レイモンドは恥も外聞もなく取り乱した。

「いやっ、いやだ、あっ……あ、あ…あっ」

ずぶ、とぬめる先端に繊細な襞の中心を突き破られる。

「あ、あっ……、あああっ！」

一度受け入れ始めると、たっぷり濡らされたものは容赦なく奥へと入り込んでくる。

腰を落とすまいと足掻《あが》いても、従者が強靱《きょうじん》な力で肩と腰とを押さえつけ、時間をかけずにつけ根までいっきに呑み込まさせられる。

ひいっ、とレイモンドは顎を反らす。一瞬意識が遠のきかけた。

傾《かし》いだ体を一人の従者がすかさず支え、もう一人が手際よくレイモンドの両手両足を固定する。

足首には鐙《あぶみ》についた革製の枷《かせ》を嵌《は》め、両腕は一纏めにして縛り上げ、高々と上げさせた状態で天井から下がる鎖《くさり》に繋いでしまう。

「お、お願い……いやだ、いや。許してください、公爵さま！」

じわじわとした痒みが体の奥を蝕《むしば》んできた。

みっしりと銜《くわ》え込《こ》まされた張り型は、息をするのも辛いほどの圧迫感を持ち、レイモンドを苦しめる。

両手と両足の自由を奪われたこの状態で木馬を揺らされたらと思うと、レイモンドは生きた気もしなかった。

「お願いです、なんでもします。公爵さま、許して、許してください」

だが、ゴブレットを傾けて葡萄酒を飲みつつ、淫猥な余興を眺めて楽しむつもりのネヴィルの口から出たのは、無情な言葉だった。

「揺らして泣かせろ」

「はい、仰せの通りに」

チョーサーがネヴィルに向かって大仰にお辞儀をする。

ゆらり、と木馬が揺れた。

従者が押さえていた揺り脚から足を放したのだ。

「ああっ、あああっ！」

尾《び》てい骨《こつ》から脳髄まで、強烈な痺れが背筋を駆け抜ける。

レイモンドはあられもない声を放って悶《もだ》え、両目から堪えきれずに涙の粒を振り零した。

どこかで鵺《ぬえ》が鳴く声が聞こえた気がする。

罰という名目の陵辱の夜は、今始まったばかりだった。

Ⅱ

収穫祭は国中で祝う五日間にわたる祭りだが、王侯貴族や豪商、豪農、高位の学者たちなど、一部の特権階級にとって最も盛り上がるのは、中日に開かれる国王主催のガーデンパーティーである。

「だめよ、その茶色は。地味すぎるわ」

大きな姿見の前に立つヴィクターの胸元から、アデルが顔を顰《しか》めつつスカーフを抜き取る。

「もっと明るい色にしなくちゃせっかくの上着が映えないわ。これにしましょう。ほら、この青ならとってもすてき」

「きみは青が好きだな」

ヴィクターが苦笑交じりにからかっても、アデルは「ええ、そうよ」と茶目っけたっぷりの笑顔で澄ましたままだ。アデル自身、ターコイズ色の美しいドレスを纏っている。真昼のガーデンパーティーにふさわしく、袖つきですとんとしたデザインの胸元が詰まったドレスなので、十七歳の少女の初々しさが際立つ。亜麻《あま》色の髪を両横から一房ずつ取って捻《ひね》り、後ろで纏めて青い花で留めた髪形も見る者に若く瑞々《みずみず》しい印象を与えていた。

「今日のパーティーには国中からいろいろな方がお集まりになるのでしょう。楽しみだわ」

アデルは胸の前で両手を合わせ、金茶色の大きな瞳を輝かせる。

「ちゃんとエスコートしてね、ヴィクター」

「もちろんだとも、バルフォア男爵令嬢《だんしゃくれいじょう》」

ヴィクターが畏《かしこ》まって腰を折ってみせると、アデルは「まぁ」と面映《おもは》ゆげに口元を押さえた。

「さて、この出で立ちならば文句はないだろう？」

新しく選び直したスカーフを整え、姿見で全体のバランスを確かめながら、ヴィクターはアデルに同意を求めた。

「素晴らしいわ。こんなに手の込んだ銀糸の縫い取りの上着はめったにないし、黒い髪にはやっぱりこの青いスカーフが最高に似合うと思うの。私、ヴィクターにエスコートしてもらえる自分を今からみんなに自慢したくなってきたわ」

「それはよかった」

そろそろ出かける頃合いだ。

思った端から侍従が馬車の支度ができたと告げに来た。

「お手をどうぞ、アデル」

「ありがとう、ヴィクター」

芝居がかった会話を交わし、ヴィクターはアデルの差し出した細い手をすっと取り、歩きだす。

アデルは小鳥のように愛らしく、ここ最近のクレイトン家の憂鬱を、少なからず晴らしてくれた。

王宮へ向かう道は大変混雑していた。

平らに整えられた石畳の道いっぱいに四頭立ての馬車が連なっている。どれもこれも紋章付きの立派な馬車ばかりだ。ほとんどの馬車にお仕着せを着た御者が二人乗っており、窓から覗く貴人たちの顔は誇らしげで優越感に満ちている。

そんな中においても、ヴィクターとアデルを乗せたクレイトン公爵家の馬車は、飛び抜けて目立っていた。

燦然《さんぜん》と輝く家紋を確認した途端、他の馬車の御者たちが一様に端に避け、道を譲るのだ。

道の両脇に設けられた歩道を行き交う人々も注目し、ざわめく。

「クレイトン公爵の馬車だ」

「公爵さまだ」

「まだお若いなぁ。そのうえ、聞きしに勝る美男子ぶりだよ」

「横に乗っていらっしゃるお嬢さまはどなた?」

「さぁ？　ご婚約されたというお話は聞かないが」

大通りと大通りが交差したあたりで馬車が走る速度を緩めたとき、そんな会話がヴィクターの耳にまで届いた。

「公爵さまは注目の的」

アデルがくすくす笑いながらヴィクターをからかう。

「淑女《しゅくじょ》は笑うときには扇子で口元を隠すものだ、アデル」

「はい、はい」

ヴィクターが窘《たしな》めても、アデルは屈託なくかわすばかりだ。ヴィクターはアデルの明るさが好ましく、顰めっ面を保つことが難しい。

「ねぇ？」

王宮の尖塔《せんとう》にはためく深紅の旗が見えるところまで来た時、ふとアデルが小さな顔をまじめに引き締め、膝に乗せていたヴィクターの手をそっと握ってきた。

「もちろん、ヴァレンタイン公爵さまも本日おみえになるわよね？」

ヴィクターは「ああ」と短く答え、アデルの華奢な手を握り返す。

二大公爵家の確執は有名だ。それにしても、アデルにまで心配をかけているのかと思うと、ヴィクターは腑甲斐《ふがい》なさに歯軋りしたくなった。

「世間ではどんな噂になっているのか知らないが、私は好んでネヴィル殿と争うつもりはない。できれば親密な付き合いをさせていただきたいと常々思っている」

「ええ……私もそう思いますわ」

それでもなおアデルは一抹の不安や胸騒ぎを拭い切れずにいるようだ。ヴィクターの肩に額をつけ、ほう、と溜息をつく。

「お願いだから、命の危険があるような真似はなさらないでね。決闘とか復讐とか、血腥《ちなまぐさ》いことは、私、嫌いです」

「もちろん私もだ」

ヴィクターはきっぱりと言ってのけ、アデルの柔らかな髪を慰めるように撫でた。緩やかなウェーブの亜麻色の髪は指に心地いい。撫でていると心が安らぐ。

ヴァレンタイン公爵と争いたくないのは、偽りない本心だ。

しかし、向こうから仕掛けられたことに関して、立ち向かわずにされるがまま放っておくわけにはいかない。防衛のために結果として争わざるを得ないことになるのだ。

いいかげん、煩わしい。

ヴィクターの側には、ヴァレンタイン公爵を出し抜こうというどんな腹積もりもないというのに、公爵は今のままの状態すら気に食わぬらしい。

仲良くとまではいかずとも、心穏やかな関係が築けたらいいと思う。

当面は可能な限り防御に徹し、ヴィクターから反撃に出るつもりはなかったが、それも程度問題で、今後ヴァレンタイン公爵がどう出るかによるというのが正直なところだった。

宮殿の正面に位置する美麗な意匠を凝らした門扉《もんぴ》は、次々に訪れる貴賓客を迎えるために大きく開け放たれていた。

馬車五、六台が横並びになったまま通れるほどの幅のある門を入ると、左右対称に造形された前庭が広がっている。そこから宮殿まではまだずいぶんある。

中央の芝の周囲を取り囲む馬車道に沿って、宮殿の入り口のある石段下まで進む。

芝のあちこちには神話の神々を象《かたど》った彫刻が立っており、アデルはそれを興味深げに窓から眺めていた。何度見ても見飽きないらしい。

「あの『美と知性の神』が好きなの」

アデルはうっとり言う。

「他は全部男女がはっきりしているのに、あれだけ中性的で、いろいろ想像できるわ」

「『美と知性の神』は男だ」

「あら。どうして？　どの本にもそんなこと書いてなかったわよ」

「男だと思って見た方が興味深い」

ヴィクターの発言に、アデルは「そうかしら?」と納得いかなそうだ。ヴィクターとしてはアデルのそんな反応が面白い。

控えの間として使用される大広間はすでに招待客でいっぱいだった。

「これはこれは、クレイトン公爵。本日もまたお目にかかれまして光栄です」

「こちらこそ。ベイカー伯爵《はくしゃく》」

アデルを連れて大広間を縫うように歩いていると、あちこちから声をかけられる。噂好きのベイカー伯爵も、ヴィクターの姿を認めるやいなや、すかさず挨拶に近づいてきたのだ。

「ヴァレンタイン公爵もおみえになっておられますよ」

低めた声でそう続け、ヴィクターがどう反応するか興味津々に窺ってくる。

「会場の中庭でつい先ほどご挨拶いたしました」

「ヴァレンタイン公爵がご欠席のはずはないだろうからな」

あえて素っ気なく言い、ヴィクターはベイカー伯爵の脇を擦り抜けた。

好奇心の的にされてもありがたくもなんともない。

庭園へは大広間についたテラスから下りられる。

テラスの上はもちろん、広大かつ美麗な中庭は、色とりどりの衣装に身を包んだ紳士淑女たちで華やいでいた。ざっと見た限りでも、千を越える招待客が集まっているようだ。さすがは国王主催のパーティーだ。

「まぁ、まぁ、バルフォア男爵のお嬢さま。お久しゅうございます！」

庭に下りてしばらくしたとき、今度はアデルを認めて話しかけてきた婦人がいた。アデルも懐かしげに婦人と喋り始めたため、ヴィクターはその間に飲み物を取りに行くことにした。一言アデルに断りを入れ、傍を離れる。

食べ物と飲み物が潤沢に用意された細長いテーブルは、庭の入口近くの左右二カ所と後方に設けられている。

ヴィクターは一番近かった左側に足を向け、その途中で、まさにネヴィル・ヴァレンタイン公爵とばったり顔を合わせた。

「ほほう、これはこれは、ヴィクター殿」

思い切り派手に着飾ったネヴィルから、皮肉たっぷりな表情で話しかけられる。

「ご機嫌麗《うるわ》しく。ネヴィル殿」

いずれどこかで出会《でくわ》すだろうとは思っていたが、早々のことにヴィクターは内心舌打ちし、気を引き締めた。くれぐれも油断は禁物だ。パーティーだろうがどこだろうが、ネヴィルは常に付け入る隙を狙っているはずだ。

「なにやら最近、不測の事態に見舞われて苦労していると聞くが、この私にできることがあれば、いつでも遠慮なく声をかけるがよいぞ」

自分のもたらした事態にも拘《かかわ》らず、厚顔なネヴィルはしゃあしゃあと言う。

「ありがとうございます」

ヴィクターは苦々しい気持ちを押し殺し、心にもない礼を述べた。どこの誰の仕業なのか知っているぞと喉まで出かけたが、我慢してやり過ごす。ここでむきになってはこちらの負けだ。ますますネヴィルをいい気にさせることになる。

代わりにヴィクターは、絶対にあり得ないと承知のうえで、

「今度何かありましたなら、ぜひネヴィル殿のお知恵を拝借いたしたく」

と言い添えた。

お互い白々しい限りだったが、ヴィクターも挑まれれば黙っておとなしく引っ込んでいられない。領民の利益を守るのは領主たる者の務めだ。

「それはそうと、ヴィクター殿にぜひ紹介しておきたい者がいる」

ネヴィルは狡猾な笑みを浮かべ、背後にいる人物を振り返った。

それまでずっとネヴィル一人に意識を集中し、周囲に配慮していなかったヴィクターは、言われて初めてネヴィルの陰に隠れて目につかなかった人物がいることに気がついた。

軽い緊張に見舞われる。

思わせぶりなネヴィルの態度からして、きっと例の策士を素知らぬ顔で見せびらかすのに違いなかった。

いったいどんな醜悪な顔をした野心家だ、と身構え、険のある眼差しをしたのも束の間。

ネヴィルに顎をしゃくられてヴィクターの前に進み出てきたのは、ほっそりとした体つきの、まだ若い青年だった。

見事な輝きの金髪を首の後ろで一括りにし、濃紺の上着の下にレースとフリルが控えめに配された純白のブラウスを身につけている。地味だが見る者を感嘆させる品格と、不思議と他を圧倒する存在感を持った、おとなしやかな顔立ちの美貌の青年だ。図らずもヴィクターは一瞬眩《まばゆ》さを感じ、見惚れてしまった。なかなかお目にかかれない、実に印象的な美青年だ。

ヴィクターは自分の判断に自信が持てなくなった。

まさかこの青年が、近頃クレイトン家の事業をことごとく妨害している例の策士ということはあるまい。何もかも予想と異なっていて、どうしても信じられない。

「この者はレイモンド・アスキスといってな」

ヴィクターの前でスッと片膝を突き、礼儀正しく挨拶をした美青年を、ネヴィルは簡単に紹介した。

「縁あって、昨年の寒の頃から、当家で面倒を見ている者だ。今後何かと相まみえる機会もある

であろうから引き合わせておく」

「昨年の、寒の頃から。なるほど」

ヴィクターはネヴィルの言った通りに、噛みしめるような口調で反復し、跪いたままの青年に視線を落とす。

時期は合う。妨害を受け始めたのは今年の花の頃からだ。準備期間を計算に入れればそんなところだろう。

それでもまだヴィクターは半信半疑だった。

「立たれよ」

とりあえず、もっとよく顔を見ようと、ヴィクターはレイモンドに言葉をかけた。

「……はい。クレイトン公爵さま」

気のせいか、レイモンドの澄んだ綺麗な声は微かに震えている。

ヴィクターに紹介されて緊張しているのだろうか。そんな神経の細い男にあんな大胆で不敵な真似ができようはずがない。あれだけの画策をしてクレイトン公爵家に大いなる痛手を与えた男が、この期《ご》に及《およ》んで萎縮したり悪びれたりするとは考えにくかった。

やはり違うのか。

ヴィクターはまたもや迷い、どんなふうに相手と対するのか態度を決めかねたまま、じっとレイモンドに視線を当てる。

躊躇うように立ち上がってヴィクターと向き合った青年は、跪く前にちらりと見たとき以上に美しく、男だとわかっていてもなお匂うような色香を放っていた。

ヴィクターはふと、前庭に立っている『美と知性の神』の彫像を頭に浮かべた。

どこかあれに似ている気がして、理由もなく胸がざわめく。ヴィクター自身はあの彫像になんの感慨も持っていないつもりだった。それなのに、心が騒いだのだ。

「お初にお目にかかります」

レイモンドは透けるように白い肌をしているが、熱でもあるのか、うっすら頬を紅潮させている。尖った顎の先も小刻みに震え、何かに堪えてでもいるかのようだった。先ほど声を覚束なく感じたのは、彼の体調が今ひとつよくないせいかもしれない。

「どこか体の具合でも?」

するとレイモンドはピクリと身を揺らし、ちらりと傍らにいるネヴィルの顔色を窺うようにしてから、「いいえ」と低く答えて唇をきつく結んだ。

とても何事もなさそうな態度ではない。現によく見ると額の際に薄く汗を掻いている。ヴィクターにはレイモンドが虚勢を張っているとしか思えなかった。

どうやらおとなしそうな顔に似合わず、意地っ張りのようだ。プライドが高いのかもしれない。

初対面の相手に僅かも弱みを晒したくないのだろう。かくいうヴィクター自身にもそんなところがあるので、気持ちはわからなくもなかった。

「おお、ヴァレンタイン公爵、こちらにあらせられましたか」

そのときヴィクターの背後からがらがらした声が割り込んできた。軍務大臣のキャニング卿だ。ずんぐりと横幅の大きな、年がら年中赤ら顔をした強面《こわもて》の男で、ヴィクターとはとかくソリが合わない。完全なヴァレンタイン公爵派だった。だからこそ、ヴィクターなど眼中にないと言わんばかりにわざと無礼な振る舞いをして、ないがしろにしてみせるのだ。

キャニング卿が内密の話があるような素振りをする。

ネヴィルはどうするか少し迷う気配を見せたが、結局キャニング卿を優先させることにしたらしい。レイモンドに牽制《けんせい》するような鋭い一瞥《いちべつ》をくれるや、キャニング卿と連れ立ってその場を離れた。

レイモンドと二人になったヴィクターは、さてどうするか、と思案した。

実際、レイモンドは本当に気分がよくなさそうだった。

もしかすると小賢《こざか》しくも憎らしい敵なのかもしれないが、体調を崩しているとなれば、知らん顔して放ってはおけない。特別親切な質ではないが、人並みに相手を思いやる心は持ち合わせていた。

「向こうのパーゴラで、貴公ともう少し話したい」

飲み物を取ってくるとしかアデルに言っていないことがチラリと頭を掠《かす》めたが、ヴィクターは頓着《とんちゃく》しなかった。アデルは人見知りしないし、こういった華やかな場にも慣れている。ヴィクターがすぐ戻らなくても不安がったりしないだろう。

レイモンドに断られることも十分考えられたが、レイモンド自身パーゴラにあるベンチで体を休めたかったからか、断ることなく「はい」と答えてついてくる。

なんだか奇妙なあんばいになった。

ヴィクターをてこずらせ、苛立たせているのは、本当にこの男なのか。よもやこんなふうだとは想像もしなかった。もっと陰険な、見るだけで不快な気持ちにさせられる人物かと思っていたのだ。だが、そうと考える以外、ネヴィルがわざわざ、さも意味ありげにヴィクターに引き合わせる理由があるだろうか。

「きみは、いくつだ？」

「……十八です」

ヴィクターの問いに、レイモンドは躊躇いがちに小さく答える。ネヴィルの意向を気にして、ヴィクターにどこまで自分のことを話していいか迷っているようだった。

どうやらレイモンドはネヴィルに対して逆らえない状況にいるらしい。

例の策士がレイモンドだとしても、あくまでもネヴィルの手駒の一つで、与えられた仕事をこなしているにすぎないのではないか。

何か深刻な事情があって、ネヴィルの手中から逃れられず、言いなりになり続けるしかないのかもしれない。そんなふうにも思えてくる。

よもやレイモンド自身にクレイトン公爵家が恨みを持たれていようとは、ヴィクターは想像だにしなかった。

パーゴラの中でも大勢の人々が寛ぎ談笑していたが、ヴィクターの姿を認めるや、ベンチの一つに腰かけていた男性二人がすかさず席を空け、ヴィクターとレイモンドに譲ってくれた。

「ありがとう。悪いな、卿ら」

「とんでもないことでございます、公爵さま。もったいないお言葉です」

「座りたまえ」

ヴィクターがレイモンドに顔を向けて勧めると、レイモンドは石造りのベンチにおずおずと腰を下ろした。そして、額に滲んでいた汗をそっと指の先で押さえつつ、長い睫毛を苦しげに揺らすのだった。

＊

体の奥に仕込まれた淫具が辛い……。

動くたびに腰から湧き起こる淫靡《いんび》な感覚に、レイモンドは唇を引き結んで堪えつつ、クレイトン公爵ヴィクターと対していた。

今朝、呼びつけられてネヴィルの元に行くなり、

「おまえを国王陛下主催のパーティーに連れていってやる。念入りに支度するのだ」

と告げられた。

もしかすると敵と狙う公爵に会えるかもしれない、どんなひどい人なのかこの目で確かめられる、とありがたく思ったのも束の間。

ネヴィルはいつも閨房《けいぼう》でする残酷な仕打ちを、その見返りだとばかりにレイモンドに施したのだ。湯浴みをすませたレイモンドを召使たちに押さえつけさせ、たっぷりと香油に浸した水晶の淫具を手ずから挿入したうえ、勝手に抜き取ることができないように鍵のかかる貞操帯まで装着させられた。

凹凸のある冷たいもので秘めた部分を惨《むご》く割り開かれ、奥深くまで穿《うが》たれた苦しさもさることながら、香油に交ぜられた怪しげな成分がもたらす熱と痒みがレイモンドを堪らなくさせていた。

平静を保っているのに多大な精神力を要する。

少しでも気を抜くと、唇から熱っぽく乱れた息が洩れる。頬は火照り、瞳は潤んできてしまう。俯いていなければ、誰かに見咎められて変に思われそうで、気が気でなかった。

馬車に揺られて宮殿まで来る間にも、レイモンドは何度哀願の目をネヴィルに向けたかしれない。だが、ネヴィルが情けをかけるはずもなかった。

「ヴィクターと引き合わせてやるが、くれぐれもよけいなことは喋《しゃべ》るな。おまえがしていることを悟らせず、腹の中で嘲笑ってやるのだ。よいな」

ネヴィルの目的は陰湿にヴィクターの鼻を明かすことだ。さりげなく引き合わせておいた男が実は敵だったと最終的にわからせて、地団駄《じたんだ》を踏ませることにあるらしい。そうすることで、ヴィクターを間抜け扱いし、プライドを粉々に打ち砕くつもりなのだ。

その計画自体はレイモンドも不満ではなかったが、体に施された淫らな仕打ちは予想外で困惑した。裏切るな、と体に言い聞かされているようだ。ネヴィルはレイモンドの気持ちが揺らぐのを危ぶんだのだろうか。

実際、ヴィクターと顔を合わせてみて、レイモンドは意外さを隠せなかった。

クレイトン公爵がこんなに若くて美しい貴公子だったとは。

なんとなく、権威を笠に着て相手を傲岸不遜に見下している人物かと勝手に思っていた。

風通しのよいパーゴラのベンチに腰かけ、真横に座ったヴィクターの息遣いや衣擦れの音、身につけた香水の上品な香りを如実《にょじつ》に感じる。

レイモンドは否応なしに緊張すると同時に、言いしれない不可思議な気持ちに囚われ始めていた。

この貴公子の父親が、父母の敵――。

にわかには想像がつかない。いったい前公爵とはどんな人物だったのだろう。

一見すると、ヴィクターは貴公子然として見えるが、ひとたび仮面をかなぐり捨てるととてつもなく冷酷な男だというネヴィルの弁を信じるべきなのか。悪魔は美貌だと昔からよくいわれる。まさにヴィクターがその通りなのかもしれない。――だから、レイモンドの心の中の弱い部分がわけもなく騒ぎ、惹かれていく心地がするのだとしたら、それも確かに一理ある。

膝の上に揃えて置いた指先を見るともなしに見ながら考えに耽《ふけ》っていたレイモンドに、ヴィクターが話しかけてきた。

「やはりどこか体の具合が悪いのであろう、貴公？」

唐突だったため、レイモンドはビクッと肩を揺らし、慌てて顔を上げた。

前方を見据えているヴィクターの整った横顔が目に入る。ヴィクターはゆっくりと首を回してこちらに向き直った。

瞳と瞳がぶつかり合う。

それだけのことだが、レイモンドの緊張はさらに高まった。ヴィクターの瞳は鋭くて、どんな隠し事も嘘もたちどころに看破してしまいそうだ。この国において親族の仇討ちは罪ではない。レイモンドに疚《やま》しいところなどなくとも、正視し続けるには勇気がいった。もし、ヴィクターがレイモンドの素性を知っていたならば、バツの悪い心地にならねばならないのはヴィクターのほうだろう。しかし、どうやらヴィクターは何も知らないようだ。

レイモンドはヴィクターに体調を心配されたことを意外に思いつつ、「いいえ、本当に、そういうわけではありません」とできるだけ平静を装って答えた。

少し身動ぐだけでも中に入れられたものが内壁を擦り、ときおり全身がざあっと粟立《あわだ》ち、頭の芯を痺れさせるような刺激が生じる。

「……っ……！」

無理になんでもないように取り繕った端から淫らな喘ぎを零しそうになり、レイモンドは狼狽えて唇を噛んだ。

体が揺らぐ。官能の稲妻《いなずま》が過ぎ去ってからも全身が小刻みに痙攣《けいれん》し、それをうまくやり過ごすことは難しかった。

ふっ、と傍らのヴィクターが半ば呆れたような、半ば揶揄《やゆ》するような冷笑を洩らす。

「どうやら、顔に似合わず強情っ張りらしいな」

レイモンドは答えることができず、腕で表情を隠そうと頬に落ちてきていた髪を搔き上げた。

ヴィクターは相変わらずレイモンドを見定めようとするかのごとく、じっと見据えたままだ。

息をするにも気を遣う。レイモンドには再びヴィクターに顔を向ける気力はなかった。そんなことをすれば、体に施されたいやらしい仕掛けの逐一まで察せられそうで怖い。ヴィクターにこんな状態を知られるのは、あまりにも屈辱的だ。

「貴公は聡明そうだが、学問はどこで修めたのだ?」

必死に堪えるレイモンドの様子に気づいているのかいないのか、ヴィクターは涼やかな声で話題を変える。

レイモンドは声が震えないようにと祈りつつ、差し障りのない範囲で答えた。

「田舎の学校です。それも途中で退学しなければならない事情になりましたので、たいしたことはありません。もし公爵さまのお目に少しでも聡明そうに映りましたなら、それは見かけばかりで実のないことです」

「ずいぶん謙遜《けんそん》するのだな。もしやすると、貴公が私をこのところずっとてこずらせている相手ではないかと思ったのだが、勘違いか」

さらりとした調子でカマをかけながら、ヴィクターは痛烈な皮肉を言う。

レイモンドは答えに窮し、返事を探した挙げ句、苦し紛れに微笑することしかできなかった。

やはり気づかれているのだ。気づかないはずがない。

しかし、そのわりにヴィクターは余裕綽々《しゃくしゃく》とした態度で、レイモンドを忌々しがったり腹立たしく感じたりしているふうではない。レイモンドにはヴィクターが何をどう考えているのか、見当もつかなかった。

「収穫祭が終われば、ほどなくして雪が降りだすな」

ヴィクターは世間話でもするように、遠くに目をやったままのんびりと言った。

「都の雪はさして量も多くなく、年中往来を馬車や人が通るため、あたり一面真っ白になるというようなことはないのだが、貴公の住んでいた田舎ではどうなのだ？」

「朝方の景色はそれはもう見事なものです。時季によっては何日も続けて降りますので、しばらく地面が見えないこともあります」

「そうか。私も田舎に一つ別宅を構えてはいるのだが、忙しくてなかなかゆっくり骨休めすることも叶わない」

今度はべつに、おまえのせいだぞというような嫌みっぽさもなく、レイモンドはほっとした。立て続けだとどうにもきまりが悪い。もう一度笑ってごまかすのは難しいところだった。

ヴィクターと二人で差し障りのない話に興じているのは、気重ではなかった。

少しずつだが、二人の間にあった張りつめた空気が穏やかなものに変わりつつあるのを感じる。

こうしていることに徐々に慣れてきているようだ。じっとしてさえいればレイモンドも体の奥のせつない疼《うず》きにさほど苦しめられもせず、立ったり歩いたりしているときより落ち着いていられた。

「そろそろ都に来て四つの季節を一巡りするわけか。どうだ、都の印象は？」

「大きくて美しいと思います」

「貴公は、静かな田舎暮らしより、派手な都の生活が性に合うのか？」

「……いいえ。私は田舎の方が落ち着けて好きでした」

「ほう。ではなぜわざわざ都に出てきたのだ？　しかも、ヴァレンタイン公爵家という王室に連なるような名門貴族の世話になっているとは、いささか腑に落ちぬ」

「やむを得ない事情がありまして」

よけいなことは喋るなとネヴィルに厳しく命じられていたが、レイモンドはヴィクターを見極めたい気持ちがあって、あえて話題を逸らさなかった。

「そのため、田舎を離れないわけにはいかなくなりました。事情をご承知のヴァレンタイン公爵さまがいろいろとお力添えくださいましたので、生まれ育った故郷を離れる決意ができたのだと思います」

「そうか。ヴァレンタイン公爵とはどのような縁があったのか、差《さ》し支《つか》えなければ聞いておきたい」

レイモンドがヴィクターを想像し損ねていたのと同様、ヴィクターもレイモンドのような存在がネヴィルの傍にあることが、いささか予想外だったのだろう。差し支えなければ、と遠慮がちにしながらも、どうにも納得しかねて聞かずにはいられないといった訝しさを示す。

ヴィクターの態度や口調を見る限り、ヴィクターはまだ、レイモンドを己の敵だとはっきり断じ切れずにいるらしい。

それも無理からぬことかもしれない。レイモンドは心に冷たいものを抱きつつ思った。

もしこれが実際に父母の命を奪うよう命じた前公爵だったなら、レイモンドを見てすぐさまピンときたに違いない。なにしろレイモンドは母親に生き写しなのだ。ネヴィルの従者であったベローによれば、前公爵にとっては正妻以上に寵愛《ちょうあい》した女性そっくりの顔である。間違っても、平然と隣り合って座り、話をする気になどならなかっただろう。

「ちょうど昨年の今時分に、両親が思いがけない事件に巻き込まれ、亡くなったのです。公爵さまはその顛末《てんまつ》をよくご存じで、身寄りをなくして一人になった私を哀れんでくださり、お城に招いてくださったのです」

レイモンドはなるべく感情を籠《こ》めず、静かに淡々と口にした。ここまで話すのはネヴィルの意向に逆らうことだと承知していたが、どうしてもヴィクターの反応を知りたかったのだ。果たしてヴィクターはまったく何も知らないのか、確かめたかった。

レイモンドの言葉を聞いたヴィクターの身に軽く緊張が走った気がした。何事かに思い当たったのか、それとも単に、不穏な話になったので聞かなければよかったと後悔したせいなのかは、判断がつかない。

「事件とはどういう？」

ヴィクターは気を取り直した様子で、冷静な口調で聞いてきた。ヴィクターの気持ちが推し量れない。除々に焦りが込み上げる。レイモンドはさらに言葉を重ねて反応を見続けずにはいられない心地になった。

「信じられないことです。強盗が入ったのだとお役人は言いました。詳しくはわかりません。私は寄宿舎に入っていて、家にいなかったのです。そのせいで、一人だけ助かりました」

「ご両親は何者かに殺された、のか？」

「はい」

「それは……気の毒なことだった。貴公、もし辛ければ、それ以上話さずともよい」

ヴィクターの声は親身で、建前だけの同情とは思えなかった。それでもレイモンドは、ヴィクターが善人の仮面を被っているだけだという可能性を、まだ完全には捨てきれずにいた。繰り返し繰り返し、騙《だま》されるな、信じるな、とネヴィルやチョーサーに言い聞かされてきたのだ。容易にはひっくり返せない。

「あの、クレイトン公爵さま」

こくりと喉を鳴らし、レイモンドは意を決してヴィクターの顔をしっかりと見つめた。

眉根を寄せて憂いを滲ませた表情をしていたヴィクターが、レイモンドの緊迫した呼びかけに応え、視線を上げた。

眼差しと眼差しがぶつかる。

ヴィクターの瞳は穏やかで澄んでいた。静謐《せいひつ》な湖面のようだ。

レイモンドはヴィクターを信じてしまいそうになるのを抑え、真実は瞳の中ではなく心の奥にこそあるのだと自戒した。騙されてはいけない。こんな悪意のないふうを装っていても、敵の息子であることは間違いないのだ。仇を討たずしてみすみす逃しては、レイモンドを深く愛し育ててくれた父母に顔向けできなくなってしまう。

「なんだ?」

ヴィクターはレイモンドの緊張を解《ほぐ》そうとするかのように、優しく促した。レイモンドの身の上を知って、不用意な話題を持ち出した自分の心なさを責め、少しでもレイモンドの気持ちを汲み取ろうとするのが窺えた。

ついさっき、騙されるな、敵だと自分に言い聞かせたにも拘らず、心の奥に迷いが生じる。

ヴィクターの誠実み溢れる目が、親身な態度が、レイモンドの胸を揺さぶるのだ。

認めるには勇気がいるが、ヴィクターは決して自分本位な暴君などではないのかもしれない。

前公爵とはまったく違った考えの持ち主だとも考えられる。だからといって、レイモンドが復讐を諦めるかどうかはまた別問題だが、その考えはレイモンドの脳裏に巣くい、可能性の一つとして考慮せずにはいられなかった。

非人情でプライドが高く、父と母の命を奪うまでしなければ収まらなかったほど冷酷だったのは前公爵だ。ヴィクターまで同じとは限らない。

かねてよりレイモンドの頭を悩ませていたことが、ここでも頭を擡《もた》げてくる。実際にヴィクターと会って、レイモンドの迷いはますます深くなった。復讐の切っ先が鈍る。

しかし、ヴィクターがどんな人間であれ、親の仇を討ちたければ、相手は唯一の嫡男であり公爵家の跡を継いだヴィクター以外にいないのも事実だ。

レイモンドは張本人である前公爵の病死を、ひどく恨めしく思った。

敵討ちが本望なら、情に流されるべきではない――それはレイモンドも重々わかっている。覚悟はとうについている。

今さら退《ひ》けない。

結局、レイモンドの背中を押したのは、その思いだった。

ここまできて、復讐をやめるわけにはいかない。ネヴィルへの恩も少なからずある。今のレイモンドがあるのは、ヴァレンタイン公爵がレイモンドに勇気と力を与えてくれたからだ。裏切ることはできなかった。

レイモンドは一度強く唇を噛み、絞り出すような声で言った。

「公爵さまは、フェリシアという名の女性をご存じですか……？」

ヴィクターの引き締まった男らしい美貌が微かに歪む。予測もしない問いかけをされて一瞬虚を衝かれたらしい。

「フェリシア？　いや。聞き覚えのない名だが」

「そうですか……、では、アーロン・アスキスという男はいかがでしょう？」

「いや。知らないな。アスキスと申すからには貴公の父君か？　亡くなった父君は著名な人物だったのか？」

「……いいえ」

レイモンドはいささか失望しながら首を振る。

ヴィクターは嘘はついていないようだ。もしこの訝しげな顔が芝居なのだとすれば、たいした役者だと称賛するしかない。考えてみれば、ヴィクターが父親の愛人と従者の駆け落ち事件など知らなくても無理はない。当時ヴィクターは四つか五つの子供だったはずだ。貴人は愛人を別邸に囲うのが常だ。本邸で生まれ育ったはずのヴィクターに、醜聞にしかならない話が届いたと考えるほうが難しい。ヴィクターは何も知らないのだ。

消沈しながらもレイモンドはヴィクターの強い視線に促され、重い口を開いていた。

「父は地方の大学で教鞭《きょうべん》を執っておりました。私にとってはこの世で最も敬愛する人物でしたが、中央にまで名の通った者ではなかったと思いますので、公爵さまがご存じなくともなんら不思議はございません。おかしなことをお聞きして失礼いたしました」

「べつに失礼を受けたとは思わないが」

言葉の通りヴィクターは特に不快そうな様子は見せなかったが、どこかに引っかかりを覚えているのか、記憶をたぐり寄せているふうだった。

レイモンドは瞬きもせず目を見開いたまま、ヴィクターの表情から何か読めないかと見つめ続けた。

だが、やがてヴィクターは諦めたように考え事をするのをやめてしまった。結局これといって思い当たらなかったようだ。

レイモンドは、全身に籠めていた力を抜き、視線を前方に移す。

そのとき、少し離れた位置から手を振りながらこちらに近づいてくるターコイズ色のドレスを着た美少女に気がついた。

「アデル」

ほとんど同時にヴィクターも美少女を認めたらしく、さっとベンチから立ち上がる。

青いドレスを着た美少女はヴィクターの知り合いのようだ。

可憐《かれん》で、初々しい少女だ。長い亜麻色の髪が陽光を受けて艶《つや》やかに輝いている。思わず頬を緩めてしまうほど、愛らしくて魅力的な姫君だった。どちらかの貴族のご息女なのだろう。

アデルというのか、とレイモンドは心に留めた。

アデルは屈託のないにこやかな笑顔をレイモンドにも向けて、目が合うなり遠くから会釈してくれた。

本当に可愛らしいレディだ。ほんのり胸が温かくなる。

「悪いが今日はこれで失礼する」

ヴィクターはレイモンドにそう断ると、上着の裾を翻《ひるがえ》しながら颯爽《さっそう》とした足取りでパーゴラを後にして、アデルの元に歩み寄っていった。

＊

国王主催のガーデンパーティーは例年にも増して豪奢で、日頃退屈している貴族や大富豪はもちろん、政治家や司教、学者に至るまで、日が暮れ始めてもいっこうに帰途につこうとせず、賑わっていた。

そんな中ヴィクターは陛下への挨拶をすませるやアデルを残して一人先に辞去し、居城に戻った。アデルを最後までエスコートしなかったのは気が咎めたが、せっかく楽しみにしていたパーティーをヴィクターの都合で早めに切り上げさせるのも悪かったし、おりよくアデルの両親であるバルフォア男爵夫妻に会えたこともあり、アデルが「私は平気よ」と言うのに甘えて引き揚げてきた。

もともとパーティーなどのような華やいだ場は、あまり得意ではない。貴族としての義務感から出席はしたものの、長居をする気にはなれなかった。いろいろと心配事が重なっている最中に、晴れがましい席に身を置くのが苦痛だということもあるが、なによりも苦手なヴァレンタイン公爵とその一派をあしらうだけで神経が磨り減る。それに、新たに顔を合わせた謎めいた美青年。もしかすると、彼が一番ヴィクターを落ち着かなくさせた要因かもしれなかった。

疲れを取るためにゆっくりと湯浴みをし、部屋着に着替えて書斎に入った。

外はすでにとっぷりと暗くなっており、空に無数の星がきらめいていた。王宮の庭に集《つど》っていた招待客も、一人残らず姿を消した頃合いだろう。

天井まで届く、一つの壁面いっぱいの書棚の傍にある高い背凭《せもた》れの安楽椅子に座り、執事が淹《い》れた熱いお茶を飲む。そうして、ヴィクターは白皙《はくせき》の美青年について、あれこれと考えを巡らせた。

レイモンド・アスキス——彼のことがどうにも気になる。

きっとあの男が、クレイトン公爵家に打撃を与えている例の策士に違いないと踏んでいる。だが、それ以上にヴィクターは、その存在自体に得体の知れない胸騒ぎを覚え、不穏な気持ちになるのだ。

レイモンドの口から出た、アーロン・アスキスの名も、ヴィクターを妙に据わりの悪い心地にさせた。知らない名前のはずなのに、知っていなければいけないような、そんな奇妙さだ。もしかすると以前どこかで耳にしたことがあって、単に忘れているだけではないかと思い、何度も記憶を辿り、頭の中を掻き回してみたが、無駄だった。やはり覚えのない名なのだ。そもそもヴィクターが一地方の学者だったというレイモンドの父親を知っているわけがない。フェリシアという名に関しても同様だ。こちらはどういう女性のことかも聞かずじまいだった。今考えると、父親よりもフェリシアという女性のほうがレイモンドには重要だったのかもしれない。問うた順番からしてそう考えられた。

フェリシア……？

だめだ、思い出せない。他の貴人たちと同じように、父にも正妻以外に愛情を注いでいた婦人が何人かいたようだが、ヴィクターは父の問題には極力立ち入らない姿勢を通してきた。フェリシアがその一人なのかどうか、もしくは他の意味でクレイトン公爵家と関わりのあった人なのか、調べてみなくてはわからない。

そもそもなぜレイモンドはあそこで二人の名を口にしたのか。あの聞き方は、ヴィクターが知っているはずだと言わんばかりだった。知っていると反応するのを、固唾を呑んで見守っている気配があった。そのわりに、知らないと答えるとあっさり退いたのだ。ということは、知っているも知らないも、可能性は半々だと予想していたのか。

ヴィクターはほう、と嘆息し、肘掛けに突いた手で傾げた頭を支えた。

ちょっと頭が混乱して疲れてきた。

父である前公爵が亡くなってからというもの、ヴィクターの周囲は急に慌ただしくなり、心穏やかに過ごせぬ日々が続いている。

命の長さは天が決めるものだと承知してはいるのだが、まだまだ父には長生きしてほしかった。おそらく父も多くの憂いを残しながら、やむなく逝ったのだと思う。

視線を上げた先にある、壁に飾られた絵画に目がいく。

ヴィクターは安楽椅子を立つと絵画の前まで歩み寄り、慎重な手つきで壁から額を下ろした。

その下に、壁を刳《く》り貫《ぬ》いて造りつけられた秘密の棚がある。厳重に鍵のかかる扉に守られた仕組みだ。記号を合わせて仕掛けを外すと、頑丈な鉄製の扉が開く。

中に収められているのは、宝石箱だ。

大切に両手で持って脚の長い小さな円卓の上に置き、書き物机の抽斗にしまってある鍵を側面の鍵穴に差し込む。

宝石箱には、変わった形のペンダントトップが一つ、入っている。

ヴィクターはそっと指先で摘んでそれを手のひらに乗せ、じっくりと見つめた。

純金製のそれは、元は楕円形《だえんけい》のものを縦半分に切断したものだ。表面に緻密《ちみつ》な技術で彫り込まれているのは王家の紋章の右半分である。

この二つに分けられたペンダントの片割れを持つ娘を捜し出し、これと共に陛下の元に連れていくように――前公爵は死ぬ間際、人払いしたうえでヴィクターに最後の指示を与えた。

誰にも言ってはならぬと、くれぐれも念を押された。

驚いたことに、このペンダントのもう半分を持っているのは、国王の実の娘だと言うのだ。

「陛下にはお子さまはいらっしゃらないものとばかり思っておりましたが」

父の言葉を疑うつもりはないが、ヴィクターも確認せずにはいられなかった。

「そうだ。陛下ご自身でさえご存じない。……だが、私とウェッブ卿は知っている。陛下のご寵愛を受けていた、レディ・アデレイドは……、身籠もった体で、ある日突然……姿を隠したのだ」

「そのような話があったとは初耳です」

「……醜聞、だからな」

重苦しげな息の下、父は絞り出すように言った。

確かに、国王の愛妾《あいしょう》が断りもなく王宮から消え去るなど、普通ではあり得ない一大事だ。どんな事情があるにせよ、国王の面目は丸潰れ、後ろ足で砂をかけるに等しい仕打ちである。自然、周囲も口を噤み、何事もなかったかのごとく振る舞うしかないだろう。噂話の種にするのも憚《はばか》られることだ。下手をすれば不敬罪で捕らえられかねない。

「いつ頃の話なのですか？」

「十七年……そろそろ十八年前に、なるかもしれない」

ということは、ヴィクターが五つか六つの頃になる。当然社交界と無縁の頃なので、ちらりとも耳にしたことがなかったとしても不思議はなかった。

「なぜレディ・アデレイドは陛下の元から逃げるような真似を？」

「生まれてくる子供が……万一男子だった場合、……望まぬ争いに巻き込まれ、……最悪、命さえ狙われる羽目になるのを……防ぎたかったのだ」

父自身、この大胆な逃亡劇に一役買っていたからか、ぜいぜいと息を切らしながらも断定的に言う。

誰が命を狙うのかは聞くまでもなかった。

妾腹とはいえ王家に男子が生まれれば、次の世継ぎはその子になる。女子であれば王位の継承権は与えられないが、どちらであるかは誰にも予測できないのだ。レディ・アデレイドの恐れは十分理解できた。

「陛下は何も……?」

「ああ。これは、レディ・アデレイドと私、……そして忠義な家臣として仕えていた、ロジャー・ウェッブ卿の三人しか知らぬ事実だ」

知っていれば国王はみすみす愛妾を行かせはしなかっただろう。

にわかには信じがたい話ではあったが、疑う理由もまた見いだせなかった。

「生まれたのは女子だったと……レディ・アデレイドに付き従っていったウェッブ卿が、知らせてきた。その手紙に同封されていたものが、そこに入っている」

父は傍らに置いてある宝石箱を震える指で指し示した。

開けてみれば、純金のペンダントトップの右半分が仕舞われていた。

それが、今ヴィクターが手のひらに乗せているこれだ。

国王の息女である証《あかし》。言ってみればそんなところだろう。もともとは、国王が愛妾に渡したものらしい。レディ・アデレイドは心臓があるのと同じ左半分を、娘にお守りとして持たせることにしたそうだ。

父が亡くなったのは、この話をした翌朝だった。

おそらく父は自分の死期を正確に悟っていたに違いない。

以来、ヴィクターは密かにレディ・アデレイドとその娘を捜している。一刻も早くと努力しているのだが、くれぐれも秘密裏にと言いつかったため、他のことのようにめったな人物に捜させるわけにはいかず、未だに目星すらついていない有り様だ。

今夜久々に宝石箱を開けてみる気になったのは、レイモンドとの話を反芻《はんすう》しているうちに、この捜している国王の息女とレイモンドがだぶったからである。レイモンドの歳が姫君と同じくらいだったからか。もしくは、フェリシアが誰なのか考えていて、ふとレディ・アデレイドを思い出したからかもしれない。

仮にレイモンドが本当は女性で、あのなりは世間の目を欺《あざむ》くためにしているものなら。

そんな荒唐無稽《こうとうむけい》な考えすら頭に浮かぶほど、ヴィクターはレイモンドに特別な感慨を受けていた。レイモンドとの間にはきっと何か因縁めいたものがある。無関係な他人としてやり過ごせない縁がある気がして、胸がざわめくのだ。

レイモンドが捜している女性ならば、という突拍子もない思いつきはさておき、ヴィクターは久々にペンダントトップを前にして、未だなんの手がかりも得ていない自分の腑甲斐なさを猛省した。

　このところしばらく、事業を邪魔されて損害を被ったことへの対処に踊らされ、娘捜しは中断したままになっている。

　早く、できるだけ急いで、なんとしてでも国王の血を引く姫君を見つけ出さなくては。

　ヴィクターは父の遺言をないがしろにするつもりはなかった。決意を新たにする。家督を守るのも大事だが、こちらも重要な案件だ。この国には誰にも知られていない王女が存在するのだ。この事実を知れば、国王陛下はどれほどお喜びになることだろう。ご対面を想像するだけでヴィクターまで胸が熱くなる。

　ペンダントトップに祈りを籠めてそっとくちづけし、ヴィクターは丁寧に天鵞絨《ビロード》の台座に戻した。宝石箱を閉じ、鍵をかける。

　それを秘密の棚に返して扉をきっちりと閉めたとき、トントン、と扉をノックする音が聞こえてきた。

「お兄さま、入ってもよろしくて？」

　澄んだ愛らしい声。アデルだ。気持ちを高揚させているのか、珍しくヴィクターを兄と呼ぶ。普段はバルフォア男爵令嬢として通し、兄と呼ぶことはまずないのだ。

「お入り、アデル」

ヴィクターは慎重に額を元通りにしてから答えた。

昼間見たターコイズのドレス姿のままのアデルが、頬を薔薇《ばら》色に輝かせ、爪先立って踊るような足取りで入ってくる。どうやらヴィクターに報告したいことがあるらしく、王宮から直接こちらに来たようだ。

「どうした？　嬉しそうな顔をして？」

「まぁ、おわかりになる？」

「わかるも何もあったものではない」

ヴィクターは立ち上がったまま両腕を広げ、六つ年下の妹を胸に迎え入れ、そっと背中を抱き寄せた。

「今日はせっかくの晴れがましい場だったというのに、最後まで役に立たないエスコート役で悪かったな」

「どういたしまして。お兄さまが私から離れてくださったおかげで、あの後とても素敵な方とお知り合いになれましたわ」

アデルは茶目っけたっぷりに返す。

まんざら冗談でなさそうなことは、楽しくてたまらなそうな笑顔から察せられる。

「いったいどのような出会いが？」

窓辺のソファへとアデルを連れていきながら、ヴィクターは聞いた。

世間ではあまり知られていないが、アデルはヴィクターの腹違いの妹だ。王侯貴族が愛妾を持つのは一般にも容認されていることではあるものの、アデルを生んだ母は極端に身分が低かったため、将来を慮《おもんぱか》った父が生後すぐ、縁戚であるバルフォア男爵家に養女に出したのだ。だから一緒に育ちはしていないものの、ヴィクターは兄として、アデルが幼少の頃から陰となり日向《ひなた》となって見守り続けてきた。そのせいか、どうしてもまだアデルを子供だ、子供だと思いがちになるのだが、十七歳ともなればもう立派なレディだ。気になる男性の一人や二人できたところで、驚くには値しない。

「パーゴラでお兄さまがご一緒だった方よ。お目にかかったこともないほどお綺麗な方……！」

ドレスの裾に気を遣いつつソファに腰を下ろしたアデルは、大きな瞳を一段と輝かせた。

「お兄さまが先にお帰りあそばした後、偶然お話しする機会がございましたの」

「レイモンド・アスキスか」

ヴィクターは傍らの椅子に座って足を組みつつ、思いがけない展開になってきたことに戸惑いを隠せなかった。

レイモンドがアデルと接触したのは偶然だろうか。

偶然とするには、いささか都合がよすぎる気もする。

アデルがパーゴラにいるヴィクターに手を振ってきた際、レイモンドも当然アデルを見たはずだ。実の妹だということまでは知らなかったかもしれないが、なんらかの関係があって親しんでいる仲だとはわかっただろう。それを承知で近づいたのだとすれば、下心がないと信じるほうが難しい。何か思惑があるに違いない。

やはりレイモンドは、単にヴァレンタイン公爵家に身を寄せている不幸な身の上の若者などではないのだ。鋭い爪を隠した猛禽類《もうきんるい》だ。

アデルはレイモンドが、ヴィクターを苦悩させているヴァレンタイン公爵家の手の者と知る由《よし》もない。だからこそ、こんなふうに嬉しげにヴィクターに打ち明けに来たのである。

もしレイモンドが敵対する公爵家と関わりのある人物だと知れば、アデルはたちまちがっかりし、出会ったことを後悔するだろう。

純粋で心根の優しいアデルを闇雲《やみくも》に失望させるのは忍びなかった。

「とても美しい目をしていらしたわ」

アデルは目を細め、うっとりとした表情になる。レイモンドの姿を脳裏に描き、細部まで一つ一つ思い出しているようだ。よほど魅入られたらしい。

「何か興味深い話でもしたのか？」

手放しでつきあうのを賛成できる相手ではないため、ヴィクターはさりげなく探りを入れた。

もしかするとアデルには気を許して、ヴィクターが聞いた以上のことを話したかもしれないと思ったのだ。

もっとレイモンドを知りたい。

果たしてそれが、アデルや公爵家の事業を守るためなのか、はたまた単にヴィクターが興味をひかれるからなのかは、自分でもはっきりしなかった。

「お話しできたのは少しの間だけだったの。私、ずいぶん舞い上がっていたみたい。何を喋ったか、あまり覚えていないの。残念だわ。ああ、でも、そう、正面広場の彫像のことをお話ししたのは覚えているの。『美と知性の神』のこと。私がレイモンドさまはあれに似ていらっしゃると申し上げたら、面映ゆそうにしていらしたわ。お兄さまもそうお思いにならない？」

「そうだな」

ヴィクターは躊躇いながらではあったが同意した。レイモンドを前にしたとき、まったく同じように思ったのだ。

「私もあの場で知り合って二言三言交わしただけだが、きみが言うのももっともだ。一目見たとき、似ていると思った」

「まぁ、やっぱり」

アデルは胸の前で手を合わせ、いっそう瞳を輝かせ、頬を染めた。

「私、もしレイモンドさまからお誘いを受けたら、応じてもいいかしら?」

アデルはヴィクターにこのことに関する意見を聞きたくて、わざわざ立ち寄ったらしい。

「きみがつきあいたいと思うなら、つきあってみればいいだろう」

「本当? 後から反対なさらない? あまりご身分の高いお方ではないそうなの。私はそういうことはもともと気にしないので、ちっとも構わないのですが」

「身分がその人間の人となりを決めるとは、私も考えていない。ただ私が忠告したいのは、身分云々ではなく、つきあっていく中できみ自身がレイモンドという男を見極め、ごまかされることなく本性を知るように努めなくてはいけないということだ。心が浮き立つのはわかるが、常に理性を働かせていてもらいたい。そうすれば、いざというとき傷が浅くてすむだろう」

「何事も経験ということかしら……?」

ヴィクターは頷いた。

「彼のことは私もよく知らない。きみに薦められる男かどうか、定かでないということだ」

アデルは考え込むように小首を傾げていたが、やがてにっこり微笑し、「わかりましたわ、公爵さま」と、いつもの調子で明るく答えた。世の中にはさまざまな思惑や駆け引きが入り乱れていることを、アデルもよく承知しているのだ。

「そのうち公爵さまにもあらためてご紹介できればいいと思います」

「ああ。そうだな」

胸の内に巣くう不安はおくびにも出さず、ヴィクターはさらっと受け流した。

できることならアデルが悲しまないようにうまく運んでくれればいい。そう思う反面、相変わらず説明のできない焦燥がヴィクターの胸を苛《さいな》むのだった。

Ⅲ

アデル・バルフォア男爵令嬢がヴィクターの妹だとレイモンドが知ったのは、パーティー会場から引き揚げる馬車の中でのことだった。

「先代が身の回りの世話をしていた小間使いに手を出してつくった娘だ。生まれてすぐ男爵家の養女にしたので、社交界でも案外知られていない」

レイモンドがアデルと一緒にいたところを目敏く見ていたらしいヴァレンタイン公爵は、皮肉に満ちた薄笑いを浮かべ、今は亡き従兄《いとこ》をここぞとばかり貶《おとし》めようとする。

「表向きは清廉潔白な道徳家を気取っていたが、こんなところにもあやつの本性は表れている。いくらうわべを取り繕おうとしても、他の貴族たち同様、快楽主義で強欲、権力に対する執着は人一倍強かった。おまえの母もその哀れな犠牲者の一人だ。美貌に目を留められ、無理やり囲い者にされていた。これでしかとわかっただろう?」

「……はい」

母のことを持ち出されるとレイモンドは忸怩《じくじ》たるものが込み上げる。本当だとしたら母が気の毒だ。やっと父と幸せになれたはずなのに、執念深く追いかけられた挙げ句一緒に斬り捨てられて果てた末路を思うと、胸が張り裂けそうになる。

許せないという気持ちが強まるのはこんなときだ。

だが、それと同時にまたもやネヴィルの説明にちぐはぐな印象を受け、しっくりしない気がしてならなくなる。

アデルがヴィクターの異母妹だったとは。そんな複雑な事情がある人だとはまったく感じられなかった。アデルと接した限りでは、疑うことを知らずまっすぐ明るく育てられた、幸せいっぱいの少女にしか見えなかった。レイモンドとは似ているようで全然立場が違う。生まれるやいなや実母から引き離されて養女に出されても、彼女は少しも父親を悪く思わなかったらしい。ヴィクターとも羨ましさを覚えるくらい仲睦まじい様子だった。

レイモンドはてっきり、アデルはヴィクターの恋人かと思っていた。

親しそうに微笑みかけながら近づいてきて、折れそうに華奢な体をヴィクターに寄り添わせる姿を見たとき、あまりにお似合いの美男美女ぶりに私情を忘れて感心した。アデルを見るなり躊躇いもせず立ち上がって出迎えに行ったヴィクターの態度も、まさか血の繋がった妹に対するものだとは思わなかった。

「あの娘を利用してヴィクターの懐深くに入り込むつもりなのだな、レイモンド？」

それ以外、レイモンドがアデルと親しくなる理由は認めないとばかりに、ネヴィルは決めつける。

「そのつもりです」

レイモンドは仕方なく低い声で答えた。

アデルとは偶然立ち話する機会があっただけだ。レイモンドに特別な思惑はまったくなかった。アデルはアデルで、レイモンドがヴィクターと一緒だったところを見ていたものだから、擦れ違いざまにばったり顔を合わせたとき、安心して話しかけてきたのだ。しかし、そんな言い分がネヴィルに通じるはずもない。

斜め前にふんぞり返って座っているネヴィルがくくく、と悦に入った笑いを洩らす。それでいい、その調子だ、とレイモンドに躊躇う隙を与えず焚《た》きつける。レイモンドは退路を断たれ、前に進むしかない状態に追い込まれていくのを感じ、息が詰まりそうだった。

頭が痛い。こめかみを押さえ、俯く。

もっと冷静になって、さまざまな可能性を考えたほうがいいのではないかと、理性の声が頭に囁きかける。だが、今の状況はレイモンドによそ見を許さない。復讐することだけ考えろ、その他のことは何も憂慮する必要はないと迫られる。少し前までは単純にそれを励ましだと思い、感謝して受け止めてきたのだが、いよいよヴィクターの喉元に手が届き始めてから、逆に気持ちにブレーキがかかって迷う瞬間がある。弱気になるとかではなく、本当に自分がしようとしていることは間違いないのか、不安に駆られるのだ。

目聡《めざと》いネヴィルはレイモンドの気持ちが揺らぎ始めたのをすぐに見破り、ここまできて尻込みする気ではないだろうなと厳しい態度で糾弾し、親不孝者と責める。

親不孝、と詰《なじ》られるのがレイモンドには一番堪える。

そんなつもりはない。両親を無惨に斬り殺されたのは事実なのだ。復讐すると誓ったからには必ずやり遂げる。下手な情はかけないと最初から心に決めていた。それを翻意する気はない。

しばらくすると、ガタガタと音をさせて馬車が揺れ始めた。平らな石畳の道路から、舗装されていないでこぼこの道に入ったのだ。

振動が腰に伝わる。

レイモンドは顔を伏せたままくっと眉を寄せ、今日一日体の奥を苛み続けている淫猥な道具の存在を強く意識した。

体を揺すられるたびに中で淫具が動く。

あちこち押し上げられ、擦られ、思わず声を洩らさずにはいられないほどの刺激が走る。香油のもたらす痒みはごまかすこともできるのだが、脳髄を貫く痺れはレイモンドを平静でいられなくする。

「…あ……っ」

とても堪えきれず、眉を寄せ、喘いでしまう。

「どうしたレイモンド。その玩具はそんなに具合がいいか？」

ネヴィルは涼しげな顔で窓枠に肘を突き、ほくそ笑む。

行きも帰りもわざと路面の荒れた脇道を通り、レイモンドが苦しむ様を楽しむのだ。最近の態度が気に入らない、恩知らずの生意気者めと、何かにつけてレイモンドを責め、思い知らせようとする。

ガタンとひときわ大きく車体が弾んだ。車輪が大きな石を踏んだのだ。

さんざん嬲られ、過敏になった最奥《さいおう》を酷く突かれる。

「あああっ……！」

レイモンドは蹲《うずくま》るように上体を丸め、苦しさと淫靡な快感に叫んだ。

「抜いてほしいか？」

「……はい、公爵さま」

涙で霞んだ目を上げてネヴィルを振り仰ぐ。

どれだけ強情を張って堪えようとしても、そろそろ限界だった。レイモンドの体は情けないほど感じやすく、性的な嬲りに弱い。このことに気づいたのは好色なチョーサーだ。以来ネヴィルはことあるごとに最も効果的な仕置きの手段として、利用し始めた。

「それならば私に媚びてみせろ」

ネヴィルはこれみよがしに大きく股を開き、黒地に金糸で豪奢な縫い取りを施した上着の下の膨らみを示す。

レイモンドは諦めに満ちた心境でネヴィルの足の間に跪くと、上着の裾を捲《めく》ってズボンの前を開いた。

窮屈な場所に閉じ込められていた陰茎は、前立ての隙間から出すやいなや屹立し、欲望をあからさまにした。今年四十二になるネヴィルだが、閨房《けいぼう》には常に女官が侍《はべ》り、公爵夫人とも月に二度か三度は交渉を持つらしい。同性を抱く趣味は持ち合わせないものの、精力旺盛で奔放なことにかけてはチョーサーといい勝負だ。

歯を立てないように用心深く、レイモンドはネヴィルの雄《オス》を口に含んだ。

男のものを舐めたり吸ったりして、濃い白濁を飲まされる屈辱的な行為にも多少は慣れた。慣れざるを得なかったというほうが正しいだろうか。

たまらなく辛いのだが、逆らえばどんなひどいことをされるかしれない。

淫猥な水音を立てて長い陰茎を唇と舌で追い上げながら、レイモンドは一刻も早い解放を待ち望んだ。

ネヴィルが特別冷酷だとは思わない。

たぶん、桁違《けたちが》いの富裕層に生まれた高貴な身分の殿さまというのは、程度の差はあれ残酷で容赦のない、自己中心的な快楽主義者ばかりなのだ。中流階級以下の人間など、虫けらのように思っている人々が主なのに違いない。

――そうだ。あの貴公子然としたヴィクターも、きっと例外ではない。レイモンドが自分に敵対する存在だと確信していたなら、庭の片隅に引きずっていかれて素手で首を絞められていたかもしれないのだ。

「んっ……ん……う」

懸命にネヴィルに奉仕しながら、レイモンドはヴィクターに感じた情を全て消し去ろうと努力した。

「うまくなったではないか、……おおっ……！」

レイモンドの後頭部を股間に押さえつけ、ネヴィルが感極まった声を出す。

苦しさにえずきたくなるのを堪え、なおも熱心に口を動かしていると、ようやくネヴィルは雄《お》叫《たけ》びを上げて吐精した。

喉の奥に叩きつけられた迸《ほとばし》りを、レイモンドは一滴残らず嚥下《えんか》してみせなくてはならない。

嫌悪感と苦しさに生理的な涙が湧く。

そうして満足したネヴィルがレイモンドの体から水晶の淫具を抜いてくれたのは、遠回りした馬車が公爵家の居城に到着する僅か前のことだった。

＊

アデルはすっかりレイモンドに夢中になっている。

レイモンドにどんな思惑があるのかは定かでないが、ヴィクターの予想通り、レイモンドはアデルにデートを申し込み、月の半分の日数にも至らぬ間にアデルを虜《とりこ》にしたのである。

レイモンドが現在ヴァレンタイン公爵家に身を寄せているのだと聞いても、アデルが戸惑い悩んだのは初めのうちだけだった。ヴィクターが「事情は聞いている」と冷静に応じると、アデル自身もべつにそれはたいした問題ではないとすぐに割り切ったのだ。

アデルの潔さと、意外な肝の据わりぶりは、まさしくクレイトン気質だ。

ヴィクターはたおやかな見かけによらず強靱なアデルの精神に信頼と安堵を寄せていた。この先もしもレイモンドのことで失望したり傷ついたりすることがあったとしても、アデルならば大丈夫、必ず立ち直れると踏んだからこそ、レイモンドに近づくことを許したのである。

二人の仲睦まじさは、ヒュー・カワード卿がたいそう気を揉んで、「ご存じでしたか。大丈夫なのでしょうか」とわざわざヴィクターに報せてくるほど、社交界で評判になっていた。そういった噂にはとんと疎いヴィクターですら、ちらほらと耳に入るほどだったので、暇を持て余した人々の間ではよほど興味深い話題になっているのだろう。

まぁそれも無理のない話ではあった。

レイモンドには、一目見たら誰しもがぐっと心を掴まれる独特の魅力が備わっている。しかも男にしてあの美貌だ。地位も名誉もない平民ではあるが、名門ヴァレンタイン公爵家の世話になっており、国王主催のガーデンパーティーで今最も注目を浴びている社交界の花、アデル・バルフォア男爵令嬢と知り合ったとなれば、ロマンスに飢えた貴婦人たちの間で、あれこれと興味津々にされるのも致し方ない。噂では、レイモンドの姿をちらりと見かけただけの陛下ですら、「あの若者は誰であるか?」と側近にお尋ねあそばしたと聞く。

アデルはともかくレイモンドにとっては、こうも目立つはめになろうとは誤算だったのではないか。ヴィクターはそう思い失笑しながらも、二人の動向にぬかりなく目を光らせていた。

「心配ない。アデルからも相談されていたことだ。そのうち一度私も彼をお茶に招待して、話をしてみるつもりだ」

カワード卿にはそう言って、この件に関しては引き下がらせた。それより、ヴィクターの思惑通り隣国の海運王クロスフォードをうまく担ぎ出し、輸送船の都合がついた今が巻き返しの機会だ、事業の立て直しに本腰を入れるようにと発破《はっぱ》をかけた。

レイモンドがネヴィルの策士であることには間違いない。その点はカワード卿とも意見がぴったり一致した。他に該当する人物は見当たらないのだ。やはり、というところである。

今はまだ水面下で動いている事業再建策も、じきに明るみに出る。船が動きだせば一発だ。

そうなると、ネヴィルはレイモンドを使ってより攻撃を仕掛けてくるだろう。なりふり構わぬ卑怯な手段も講じてくるかもしれない。その一つがアデルを利用した手だということも十分考えられる。

あまりのんびりと構えているわけにもいかない。

ヴィクターは頃合いを見て、アデルに言った。

「そろそろ私に、きみの騎士をお茶に招かせてもらえまいか？」

「もちろんですわ」

レイモンドさまにお話ししてみます、とアデルは大きな瞳を嬉しげに輝かせ、請け合う。

一度男同士の話がしたいとヴィクターが言うのにも、異は唱えなかった。レイモンドに夢中で、ヴィクターのお墨付きを得られたらこのうえなく頼もしいと考えたようだ。できればヴィクターから養父母のバルフォア男爵夫妻に、レイモンドを問題のない立派な人物だと紹介してもらいたい、そう願っているのだろう。

「きみの騎士はもうその唇を奪ったのか？」

兄として気になり、冗談めかして聞いてみたところ、アデルは「まぁ、いやですわ」と照れてそっぽを向いたものの、実際まだそんな関係にまでは進んでいないことを、尖らせた唇と残念そうな表情からヴィクターは悟った。

レイモンドの狙いは、アデル自身を手中に収めて身分や財産などを得ることではないようだ。さりとて、純粋な愛情からアデルに近づいているのだとも信じ切れず、じっくりと膝を交えて話をしてみるまでは油断できない感触を受けた。

日中、一緒に船遊びしたレイモンドを、アデルは約束通りにクレイトン公爵家所有の別荘に連れてきた。すでにレイモンドにはアデルの口から自分たちが実は兄妹だと知らせさせている。数少ない事情を知る者の一人、ネヴィルから、すでに聞いていたのだろうか。レイモンドは特に驚かなかったそうだ。

レイモンドをヴィクターとあらためて引き合わせ、三人でお茶を飲みながら軽く談笑した後、アデルは名残惜しげにしながらも、「あまり遅くなってはいけない」というヴィクターの意向に逆らわず、公爵家の馬車で帰途についた。その際、一緒に席を立ちかけたレイモンドを、ヴィクターは「貴公はもう少しよいだろう。心配せずともアデルは当家の馬車で送り届ける」と引き留めた。

二人だけになると、にわかにぎこちない雰囲気になった。

「また会えるとは思わなかった。それも、今度はアデルを介してとは予測もしなかった」

居間の暖炉《だんろ》を前にしてそれぞれ安楽椅子に腰かけ熱いお茶を飲みながら、ヴィクターは半分皮肉っぽく、そしてあと半分は心の赴くまま、もう一度話ができて嬉しいという正直な気持ちを込めて言った。

「覚えていてくださったこと、恐悦至極に存じます」

引き留められた時点から、ヴィクターに何か言われるのは覚悟していたのだろう。レイモンドは動じた様子を見せることなく、しっかりした口調で冷静に返してきた。表情からは、口先ばかりの薄っぺらな印象はない。ヴィクターの記憶に自分があったことを本心から光栄に感じている口ぶりだった。

複雑な気持ちだが、とにかくもう一度会えて嬉しいと感じているのは、二人とも同様のようである。

ぱちぱちと軽やかな音を立てて燃える薪《まき》が、体ばかりか胸まで温め、熱くせつなくさせる。レイモンドとこうして二人で言葉数少なく明るい炎を見つめているのは悪くなかった。

「アデルは私の大切な妹だ」

ヴィクターは先にレイモンドに釘《くぎ》を刺しておくことにした。

「はい」

それに対して、レイモンドも神妙に返事をする。

白く美しい横顔だけ見れば、決して遊びではなさそうに思えるが、ヴィクターはすんなり受け止めてよいものかどうかわからなかった。ネヴィルの手先だということを抜きにしても、まだ何か他にレイモンドの腹にはいちもつある気がしてならない。

ヴィクターは遠回しに探るのをやめ、潔く突っ込んでみようと決意した。

「せっかく二人きりでいるのだ。腹を割った話をしよう」

「……はい」

こくり、とレイモンドが細い喉を動かすと、唾を飲む音が聞こえる。

ヴィクターの前ふりに緊張が増したようだ。

「どんなに飄然《ひょうぜん》としているように見えても、貴公もやはり俗世の欲と無縁ではあるまい。ことに男子にとって立身出世は一大事のはず。アデルとの婚姻が成立すれば、貴公はバルフォア男爵一門に連なる貴人になる。内実は、この私の義弟にもなるわけだ。それに関してどう考える？」

「どう、と仰られましても」

レイモンドは明らかに当惑し、返事に困っていた。いきなりこんな不躾な質問を面と向かってされるとは思いも寄らなかった様子だ。

「アデルのことは本気か？　それとも、単なる退屈しのぎか？」

ヴィクターはあえて言葉に棘《とげ》を含ませ、レイモンドに迫った。

「退屈しのぎなどということはありません」

「あるいは損得勘定をしたうえで、アデルを利用しようというのではなかろうな？」

「違います！」

白皙を青ざめさせ、レイモンドは真剣な眼差しをヴィクターに向けて、きっぱりと否定した。

そんな誤解を受けるのは心外だとばかりに、肉の薄い上品な口元が微かに震えている。

どんな表情をしていても、レイモンドは不思議なまでに艶めいたものをヴィクターに感じさせた。それは、ヴィクターの心の中にレイモンドをそんなふうに見てしまう気持ちが交ざっているからだろうか。

「ですが、もう今から将来のことを考えて妹君とおつきあいさせていただいているかと問われれば、私もどうお答えすればいいのかわかりません。こんなご返事では、ご不満なのは承知ですが……」

躊躇いを払いのけるようにして、レイモンドはいかにも率直に、本音を吐露した。

「正直だな」

ヴィクターは薄く笑った。

レイモンドの素直さに感心したのだ。ヴィクターの前でこういう態度に出られる人物はそれほど多くない。ほとんどは、本心はさておき、なんとかヴィクターの気に入りそうな言葉を並べ立ててみせようとするものだ。

正直だなと一言レイモンドを評したきり、ヴィクターは口を噤む。

再び沈黙が降りてきた。

レイモンドは、今度は少々落ち着きを失って、膝の上に乗せた手を握ったり開いたりしている。

そうしてしばらく経った頃、

「あの、厚かましいお願いなのですが」

と、少々唐突に、細い喉を指で撫でさすりつつ控えめに切り出した。

「畏れ多くも公爵さまの御前に侍らせていただきまして、大変緊張しております。喉が渇いてたまりませんので、お茶をもう一杯いただいてもよろしいでしょうか」

「むろん構わない」

ヴィクターはつっと眉尻をはね上げて、レイモンドをひたと見据え、頷いた。

気のせいか、レイモンドの頬は薄く赤らんでいるようだ。

緊張からくるものと言われればそれも納得できないことはないのだが、ギリギリまで張りつめさせたような堅苦しい雰囲気がレイモンドを包んでいる。

これは尋常でない決意をしたのだな、とヴィクターは天啓を得たかのごとく感づいた。まるで稲妻に打たれたような感覚で、何かが起きそうだと察知したのだ。

たぶん、すでにこの段階からして、ヴィクターはレイモンドにある種の共鳴を覚えていたのだろう。でなければ、こうも鋭く勘を働かせることはできなかったと思う。多少なりとレイモンドに心を重ねていたからこそ伝わったのだ。

「そうだな」

ヴィクターはゆっくりと、思案を巡らせながら言葉を続けた。

レイモンドが考えていることが、ヴィクターにはわからない。

意を決したふうにお茶が飲みたいなどと言ったことからすると、毒でも盛る気でいるのか。だが、いったいなぜそこまでする必要があるのだろう。

ネヴィルの命令なのか。

それとも、他に理由があるのか。

考えてみてもわからなかった。レイモンドの本心を暴きたい気持ちが強まる。

これは賭だ――ヴィクターは万が一の場合には身の危機すらあることを承知したうえで、大胆な振る舞いをすることにした。

胸の内の葛藤は強かったが、決断を下すのに要した時間そのものは恐ろしく短かった。

「どうせならばお茶はやめて秘蔵の酒を酌《く》み交《か》わそう。貴公も少しは嗜《たしな》むのだろう？　こうして男だけの場になったのだ。気兼ねする必要はない」

ヴィクターはあえて悠然と構えてみせて、それがいつもの習慣であるかのように言った。

「あそこのキャビネットの中に、グラスと酒の入った瓶がある」

安楽椅子から身を乗り出すようにして背後を振り返り、すっと腕を伸ばして壁に沿って置かれた重厚な調度品を指さす。

「悪いが貴公、グラスに酒を注いで持ってきてくれないか」

キャビネットの前に立ってグラスに酒を準備する様子は、普通にしていればヴィクターの視界には入らない。もしレイモンドが何かしようと企んでいるのなら、絶好の機会だ。ヴィクターはわざとレイモンドに行動するチャンスを与えてやったのだ。

レイモンドはわかるかわからないかという程度に喉を震わせる。

「畏まりました……公爵さま」

声はしっかりしていた。できるだけ自然な態度を保とうと努力しているのが、手に取るようにわかる。

ヴィクターは暖炉に顔を向けたまま、椅子を立ってキャビネットに向かうレイモンドを素知らぬふりで見送った。

吉と出るのか凶と出るのか。

今のところヴィクターにわかっているのは、もしここで何かするとしたら、レイモンドは酒のグラスに薬を投じるだろうということだけだった。

待つ間、息が詰まりそうなほどの緊迫感を味わったが、ヴィクターは静かに深呼吸をしてやり過ごした。

ヴィクターが酒を飲むから準備してくれと言わなかったなら、レイモンドは自分からヴィクターにも、もう一杯お茶はいかがですかと勧め、それになんらかの仕掛けをするつもりだったのだろう。ちょうどいいあんばいに、自ら言いだすことなく難所をクリアした安堵感で、多少なりと張りつめていた気持ちを緩ませたに違いない。

気が緩むと思いがけない油断が生じることがある。ヴィクターはそれをいくぶん期待し、狙っていた。頭は切れても、レイモンドが刺客を生業《なりわい》としているわけではないのは、経験からわかっている。立場上ときおり刺客たちと身近に接することもあるのだが、レイモンドの醸し出す雰囲気はそれとはまた一線を画しているのだ。しょせんはまだ十八の青年。特に体を鍛えているようでもない。ヴィクターには十分レイモンドとやり合って勝つ自信があった。

慎重な足取りでレイモンドが近づいてくる。

銀盆にゴブレットを一客だけ載せている。盆を持つ指が小刻みに震えているのをヴィクターは見逃さなかった。だが、あえて気づかないふりをする。恭しく歩み寄るレイモンドに一瞥を与えたきり、傍に立つまで無関心を装った。

「こちらのお酒でよろしかったでしょうか……」

真横まで来たレイモンドが躊躇いがちに声をかける。

空気が動いた拍子に、ふわりと花の香りがした。深く吸い込みたくなる芳香だ。微かながらそれを感じた。

「オスマンサスだな」

いきなり言うと、レイモンドはぎょっとしたように身を強張らせ、狼狽えた声で「は、はい？」と聞き返す。予期せぬ言葉に驚いたのだろう。心臓が割れるように高鳴っているだろうことが想像され、ヴィクターは内心で意地悪くほくそ笑む。

「貴公のつけている香水だ。高価な希少品だけあって優雅で上品な香りがする」

「存じませんでした。身支度する際、手伝ってくれた者が仕上げに上着の裾に吹きつけてくれたのです」

レイモンドはなんとか気を取り直したらしく、不安げな眼差しをしながらも明快に答えた。なかなかどうしてたいした精神力だ。侮れないとヴィクターは思った。

「もらおうか」

「……どうぞ」

ヴィクターが盆に載ったゴブレットに手を伸ばすと、レイモンドは長い睫毛を伏せた。

受け取ったゴブレットの中身には目や鼻で判別できる違和感はなかった。何か仕込まれているのか、それともヴィクターの考え違いなのか、口にしてみるまで定かではない。

「貴公もこちらに来て飲むがいい」

「はい」

レイモンドは息を呑むようにして、ヴィクターがゴブレットの酒に視線を注ぐ様子を見つめていたが、ヴィクターに促されるとピクリと肩を揺らし、もう一度キャビネットのところまで行って自分の分のゴブレットを手に戻ってきた。

「乾杯だ」

カチリとグラスの縁を合わせる。

ヴィクターはレイモンドが酒を口にするのを見定めて、おもむろに自分もゴブレットを傾けた。

確かめるまでもなく、レイモンドが食い入るようにこちらに目を向けているのを感じる。強張って青ざめた表情まで想像がつく。

そのとき、どこかに隠れていたヴィクターの愛猫《あいびょう》ロウズが、黒い体をしなやかにくねらせながら現れた。近づいてきて、レイモンドの足元に身を擦り寄せる。

不意を衝かれたらしいレイモンドが反射的に顔を下に向けた。

ヴィクターは咄嗟の判断で一か八かの賭に出た。

見事な細工の施されたゴブレットを手から放す。

ごとっと重たげな音をさせ、ゴブレットは緻密に織り上げられた厚みのある敷物の上に落ちた。

「あっ」

目を瞠《みは》ったレイモンドが驚きの声を上げる。

中身が零れ、敷物を濡らした。レイモンドの臑《すね》にも濃い赤色の飛沫《ひまつ》が跳ねる。

にゃおん、とロウズが抗議するように鳴いた。怯えを見せたのは最初だけで、一鳴きした後は、いきなり空から降ってきた獲物を確かめようと、果敢に鼻先を伸ばしていく。

「だ、だめだ……っ！」

今にもロウズが薄桃色の舌を出し、倒れたゴブレットの中に残った酒を舐めようとしたとき、予期せぬ事態に激しく狼狽した声がレイモンドの喉から上がった。

「舐めるな！」

無我夢中だったのだろう。レイモンドは自分のしていることが何を意味するか考える間もなく、ロウズを両手で抱き上げた。

ロウズがにゃあと不機嫌な声を出す。

レイモンドは身をくねらせて腕から逃れようとするロウズをしっかり抱きしめたまま、決して床に下ろそうとしなかった。下ろせば好奇心旺盛なロウズが再度ゴブレットに近づき、また酒を舐めようとするのではと危惧したからだろう。

やはり、と暗鬱《あんうつ》たる気分になりながら、ヴィクターはすっくと安楽椅子から立ち上がった。

「なぜ止めた?」

感情を殺した声で問う。

レイモンドの肩がギクリと揺れた。その拍子に腕の力が緩んだらしく、ロウズが優雅な体勢を保ったまま床に下りる。そしてしらけた様子でまたどこかに歩き去っていった。

「あ……」

レイモンドはようやく自分の置かれている立場の危うさに気づいたらしく、手の甲を口元に当て、一歩後退る。大きく見開いた瞳には恐れと同時に迂闊《うかつ》な自分に呆れ果てたような色が浮かんでいた。

「酒に毒でも入れていたのか」

ヴィクターは質問というより確認する口調で聞いた。

「……」

レイモンドは唇を固く閉ざしたまま返事をしない。

だが、ヴィクターが膝を突いて屈み込み、ゴブレットを拾い上げて残った滴《しずく》をちらりと舐めたとき、ひゅっと喉を喘がせた。顔つきが一段と苦悩に満ちたものになる。

この場ですぐに逃げ出そうとしなかったのは、こうした事態に不慣れで、とても体を動かせなくなっているためらしい。

ヴィクターが立ち上がって向き直るまで、レイモンドは彫像のようにその場に凍りついたままだった。

「僅かに滴を舐めただけだが、舌先が痺れてきた。どうやらこの中に体に害をなすものが入っているのは間違いないようだな。それも、ずいぶん強力で即効性のある毒物だ」

まるで他人事《ひとごと》のように、極めて冷静に、ヴィクターは言った。

レイモンドは血の気を失い蒼白になった頬をぴくぴくと引きつらせ、唇も覚束なげに震えさせている。

「これは貴公が恩ある人と慕うヴァレンタイン公爵の差し金なのか？　それとも、貴公自身に私か我がクレイトン公爵家に対する恨みがあってのことか？」

「……」

答えず、レイモンドはますます表情を硬くした。

ヴィクターはすっと目を細くして、レイモンドの青ざめた美貌を見据える。

「そうやっていつまでも黙《だんま》りが許されると思っているわけではあるまいな。もしここで私が憲兵に一報を入れれば、貴公はすぐさま捕らえられ、白状するまで身の毛がよだつような苦悶《くもん》に晒される。おそらくヴァレンタイン公爵は貴公のことなど何も知らないと言い、間違っても助け船を出してはくれまい。むしろ、自分自身も謀《たばか》られていた、利用されていただけだと、貴公を追いつめるのがおちではないか」

脅しをかけてレイモンドを追いつめる。見えない糸で体中を縛り上げ、身動ぎ一つできなくさせておき、ヴィクターは細い腕をいきなり強く引き寄せた。

間近に顔を寄せ、容赦のない冷淡な表情で迫る。

顔を上げたレイモンドはヴィクターのその表情に息を呑み、次の瞬間、ヴィクターの意図とは反対に、より頑《かたく》なになる決意をしたようだった。横暴な専制君主には何を言っても無駄だとばかりの態度だ。レイモンドにはヴィクターの本質が、情け容赦のない暴君に映るらしい。

ヴィクターはギリッと奥歯を噛み締めた。

「私には何も言いたくないか？　だが、そうであればなおさら私も貴公をこのまま憲兵に引き渡す気を失った」

言い放つなり、ヴィクターはさらに乱暴にレイモンドの腕を引き、「来い！」と従わせて歩かせた。

こうなった以上、とことん追いつめるまでだ。

ヴィクターはいいかげん苛立ちを抑えきれなくなっていた。

レイモンドが胸の奥にしまい込んでいる事情を問い質さねば、どうにも収まらない。レイモンドが意地を張れば張るだけヴィクターもむきになっていった。

ヴィクターは近衛兵《このえへい》の一人として呼びつけず、レイモンドをこの自分専用の居間と扉一枚で繋がった寝室へと引き立てていった。

天蓋に覆われた大きな寝台の上にレイモンドを突き飛ばし、起き上がる暇を与えずのしかかって押さえつける。

「な、なにを……っ」

「貴公のような恐れ知らずには、なまじな苦痛を味わわせるより、こんなふうにして辱めるほうがよほど効果がありそうだ」

「やめて、やめてください！　どうせ僕は何も喋らない」

「どうだろうな。私は必ず口を割らせてみせる」

ヴィクターは自信を持って言ってのけ、腹の下に敷き込んだレイモンドの体が震えるのをつぶさに感じ取り、満足した。

「ネヴィル殿に義理立てしても詮ないことだ。前から二家の仲はよくなかったが、王位継承権を巡って競い合うようになってから、どうしようもないほど確執が深まった。しかし、まさか刺客まで差し向けてくるとは思わなかったぞ。実に不適なやり口だ」

レイモンドに聞かせるというより己の考えを纏めるために言いながら、ヴィクターは護身用の短剣を懐から取り出した。

レイモンドが目を瞠り、身を硬くする。

「いやだ、公爵！　いっそ憲兵に渡して……！」

「動くな」

短剣の先を白い喉に突きつける。僅かでも手元が狂えば肌を切る位置だ。

ひっ、とレイモンドは浅く息を吸い、呼吸を止めた。気丈に振る舞おうとしても、瞳に浮かんでいる恐怖心は隠せない。

鋭い刃先でレイモンドを脅す一方、ヴィクターはもう一つの手で器用に服を脱がせていった。きっちりと前を留めた上着を開き、ふんだんにレースを使用した胸元のスカーフを抜き取る。

一つ衣服を乱すたび、レイモンドは薄い唇をわななかせた。目はしっかりと閉じている。少しは観念したようだ。これから先何をされるか恐れているのは、ひっきりなしに震える長い睫毛が如実に語っていた。

「なぜ私の命を狙った。ネヴィル殿の命令だとしたら、なにゆえ従う？　そこまでの恩義があると申すのか」

聞いてもやはりレイモンドはぎゅっと口を閉ざしたままだ。

ヴィクターは内心溜息をつき、儚《はかな》げな見かけによらず強情な美青年の顎を掴み、手荒らに揺すって無理やり目を開かせた。

しっとりと濡れた瞳がヴィクターを恨めしげに睨んでくる。

それを真っ向から見返したヴィクターは、背筋になんとも言いしれない緊張が走るのを覚えた。それと同時に胸がどきりとして騒ぎ、下半身には痺れるような疼《うず》きまで生まれた。こんなふうになるのは初めてだ。

「その気の強さ、いつまで保てるものだろうな、レイモンド」

いよいよ退けなくなってくる。

ヴィクターはレイモンドから一瞬も視線を逸らさず、縫い止めるように見据えたまま、手にした短剣でいっきにブラウスを切り裂いた。

絹が悲鳴のような音をたてる。

レイモンドが怯えて肩を大きく揺らす。

逆らっても無駄と諦めているのか、抵抗はしなかった。代わりに両手の指でシーツを強く引き掴む。

絹地のブラウスの隙間から覗く白くて肌理細《きめこま》やかな胸板に、ヴィクターはぞくっとした。

再び下腹のあたりがじんとして、熱くなる。

腹の下に敷き込んで取り押さえているのは、自分に害をなそうとした不届き者だ。愛してやまない妹まで利用していたに違いない、許しがたい裏切り者だ。

重々承知していながら、ヴィクターはこの行為に責めて口を割らせるのとは別の意味合いも感じずにはいられなかった。

欲しいという、およそ初めて知った感情がヴィクターを狂わせる。

誰かを手に入れて征服したいとこれほど強く思ったことはない。

ヴィクターは激情のままレイモンドの髪を束ねるリボンまで短剣の切っ先で解くと、艶のある見事な蜂蜜色の髪を指に絡め引っ張り上げた。

「あっ」

短く悲鳴を上げたレイモンドの口をヴィクターは迷わず塞ぎ、強く吸っていた。

「……んんっ……あ」

細い体がおののく。逃れようとして身動ぎする。

ヴィクターは許さなかった。頬に短剣をあてがい、少しでも歯を立てようものなら顔を切り裂くと暗に警告しながら、唇をこじ開けて舌まで入れる。

「あ、……あ、んっ」

本人は無自覚なのかもしれないが、洩らす声は男とは思えないほど色めいており、ヴィクターの官能を煽った。

舌を絡ませ、根っこから抜き取るような激しさで吸い上げる。

レイモンドが苦しげに喘ぎ、嫌がって顔を左右に振る。その拍子に当てていた短剣の先が紅潮した頬に薄く一文字の切り傷をつけた。傷口から血の粒が浮き出してくる。それでもヴィクターは容赦せず、レイモンドの唇を追いかけて、無理やりなくちづけを続けた。

「ああ、……もう……」

やっと唇を離してやったとき、レイモンドが瞳を潤ませてか細く哀願した。しばらく二人の間を繋いでいた透明な糸が、熱く湿った吐息でぷつりと切れる。

「このくらいで弱音を吐くなら、さっさと何もかも喋ってしまうがいい」

ヴィクターは高揚する体とは逆に、冷ややかに言った。いくら言っても、まだまだ当分落ちはしないだろうと心の中では思っている。正直にいえば、ヴィクターには、レイモンドをこのまま最後まで奪い尽くして隅々まで自分に従わせたい強い欲求があった。

ちらりとアデルの悲しみに暮れた顔が脳裏を掠める。

アデルはレイモンドを想っている。ヴィクターがレイモンドの体を意のままにしたと知れば心穏やかではいられなくなるだろう。恋する乙女には、相手が魔物でも罪人でも関係ないものだ。レイモンドがただの狡猾《こうかつ》で貪欲な男でないことは、ヴィクターにもわかっている。確証はないが、本人を前にしていれば、そう思えるのだ。

嫌ならすべて白状しろと迫ると、途端にレイモンドははっとして濡れた唇をきつく結び直した。

ヴィクターはレイモンドの血の滲む頬の切り傷を舌先で舐め、フッと揶揄して笑う。

「そうだな。簡単に屈服されても、こちらの楽しみがなくなるというものだ。せっかくこうして貴公のような綺麗な男を泣かせてやれる機会を得たことだ。とことん嬲って、私に毒など盛ろうとしたことを後悔させてやろう」

「あなたは……あなたは、やはりヴァレンタイン公爵の言う通りの方だ。見かけの立派さとは裏腹に本質は残忍で非情きわまりない」

「人を殺そうとしておきながら、たいした言い様だな。私が残忍で非情？　だったらなんだ。そもそも貴族とは、陛下に忠誠を誓う勇猛果敢な騎士の家系に授けられる称号。味方には篤《あつ》いが敵には容赦せぬ。貴公が敬うヴァレンタイン公爵も同じであろう。……いや、私に言わせるならば、公爵こそ奸計《かんけい》を巡らす狡猾さは宮廷一で、陛下すらも騙し抜いている油断のならない男。質実剛健、公明正大であるべき大貴族の当主には、まことふさわしからぬ人柄だ。そんな男を主として仰ぐそなたも、金と欲に目の眩《くら》んだうつけ者だ」

「違う！」

さすがに聞くに堪えなかったのか、レイモンドは怒りに目を燃やし、激しく否定する。

「あなたの弁は薄汚い邪推ばかりだ！」

「ほう？　ならばそなたには崇高《すうこう》な目的があるというのか？　この私を亡き者にして成し遂げられるのは、いったいなんだ？」

レイモンドは固く唇を閉ざしたまま、頑なに顔を横に倒してそっぽを向く。首を動かした拍子にかけていたペンダントが滑り、楕円型の厚みのあるトップがシーツに垂れ落ちる。

「ロケットか」

ヴィクターが手に取ろうとするや、レイモンドはビクッと肩を揺らし、

「触らないで！」

と猛烈な勢いで身を捩り抵抗する。

触るなと言われればかえって気になり、見過ごせなくなる。

ヴィクターは抗うレイモンドを押さえつけ、強引にロケットの蓋を開くと、中に入れてあった写真を見た。息を呑むほど美しい女性と、真面目で誠実そのものといった男の顔が並んで写る、古いものだった。

「これは、そなたの両親か」

「何も喋りません！」

「生意気な」

ヴィクターはぱちんと蓋を閉じ、引きちぎらんばかりに強く鎖を引いた。

「や、……やめて、公爵。これはっ、これだけは、取らないで……！」

「だったら先ほどの質問に答えろ。私を殺しておまえになんの得がある？　どんな大義名分があるのか、聞いてやろうではないか」

「言わない。言ったところであなたはきっと信じない」

いったんは縋っておきながら、いざとなると貝の口より強情なレイモンドの言いざまに、ヴィクターの心はめらめらと燃え上がる炎のごとく激昂《げっこう》してきた。

ネヴィルのことは信じて疑わず、ヴィクターの言葉には心を開こうとしないレイモンドが腹立たしく、なぜだと理不尽さでいっぱいになる。ヴィクターの目にはネヴィルの腹黒さ、不誠実さは明らかだというのに、レイモンドにはそれがまるで見えないらしいのだ。よほどヴィクターが憎まれ、恨まれており、それゆえにレイモンドの目はネヴィルに対して曇ったままなのか。そう考えるのが最も理解しやすいが、それにしても、ヴィクターにはレイモンドに恨まれるような覚えがなく、嫉妬にも似た激情ばかりが強まっていく。

ヴィクターはロケットから指を離すと、突き放すように宣言した。

「いいだろう。いつまでそうしていられるか見届けてやる」

そして、短剣を振るってレイモンドのズボンを、腰にきつく巻きつけられたサッシュごと切り裂く。

下半身まで露になった。

短剣を放り出し、ブーツを履《は》いたままの両足を膝で折らせて胸につくほど抱え上げる。

「こんな……こんなことしたって、僕は屈しない……！　無駄だ、公爵！」

「粋《いき》がっていられるのも今のうちだ」

たぶんネヴィルはレイモンドをこうして何度も抱いているのだろう。だからレイモンドはネヴィルに情を抱き、忠義を尽くすのだ。勝手に想像し、ヴィクターは歯軋りするほどむかついた。

「男妾《だんしょう》の分際でアデルの気持ちを弄《もてあそ》んでいたとはな」

ヴィクターは自らの嫉妬心を押し隠し、アデルを出しにしてレイモンドを罵った。

荒々しくズボンの前だけ寛げ、雄々しく隆起した腰のものを、レイモンドの剥き出しになった秘部にあてがう。

「やめて！　してもなんにもなりませんっ」

「怯えているのか」

「僕は、無駄だと言っているだけだ！」

「無駄かどうかは今にわかる」

言うなりヴィクターはレイモンドの乾いた襞の中心に、熱を帯びた怒張を突き入れた。

ひっ、と尖った、苦痛に満ちた悲鳴が上がる。

「ああっ、あ、……あああ」

強情な口は決して痛みを訴えない。だが、どれほどの激痛が生じているかは、狭い通路を無理やり押し広げるようにして、滑りの悪い内壁をぎちぎちに擦り立てつつ腰を進めていっているヴィクターにははっきり察せられた。

「ひっ、……あ、あっ、あ」

ぐぐぐ、と太く硬いものを捻り込んでいく。

しなやかな上体が陸に打ち上げられた活《い》き魚《うお》のように跳ねる。

「い、……あっ、いや……っ！」

頭を振るたびに長い髪が乱れ、くねる。開きっぱなしの口からは辛そうな声がひっきりなしに零れ、指先は色をなくすほど強くシーツを引き摑んだままだ。

潤いの一滴も与えず、強引きわまりない挿入を試みたのは、ヴィクターも初めてだ。

思うように進まない陰茎に相当な圧迫感を覚える。受け身であるレイモンドの味わわされているであろう苦悶は、この比ではないはずだった。

それでも途中で引き抜き、許してやろうとはしなかった。ヴィクターも相当意地になっていたのだ。

あと少しで根本まで到達するというところで、それまでの強い抵抗が嘘のように滑りがよくなった。いっきに最奥を突き上げる。

「いやっ！」

レイモンドは我を忘れたように叫ぶと、頬に涙を散らしながら悶絶してぐうっと弓なりに仰《の》け反《ぞ》った。

息を乱して喘ぐ唇がわなわなと震えている。

猛ったヴィクターを受け入れて痛々しく引き伸ばされた襞を確かめるため、いっぱいに拡げられた襞の内側に人差し指の先を無理に差し入れる。

レイモンドは一度大きくビクッと腰を揺らしたが、必死に声を殺して堪えていた。

抉《こ》じ開《あ》けた隙間から、つうっと血が一筋滴り落ちる。

「中を傷つけたようだな。だが、おかげで少しは楽になっただろう?」

我ながら残酷な真似をしている自覚はあった。

しかし、いったん始めてしまうと、普段は冷静沈着とされているヴィクターも自制が利《き》かなくなったのだ。

「必ずすべて白状させてやる」

ヴィクターは宣言し、柳のように細い腰を両腕で抱え直すと、レイモンドを貫く怒張を抜き差し始めた。

「ああっ、あ、あっ、……あああ！」

手加減なしに体の奥を責め立てる。

レイモンドが初めてでないことは肉体の反応からすでにわかっていた。受け入れることにある程度慣らされた体だ。それを裏づけるかのように、しばらく抽挿《ちゅうそう》を続けていると、レイモンドの放つ声に明らかに感じているとしか思えない艶が交じってきた。

「淫らな体だな」

「やめて……いやだ、いやだ、こんな……っ」

「清廉《せいれん》で綺麗なのは見てくれだけか」

「そんなふうに言わないで。卑怯だ、公爵」

「私を手にかけようとしておきながら、卑怯も何もあるものか」

本来ならば快感などかけらも味わわせずに責め抜かれてもおかしくない。

ヴィクターはレイモンドに、いかに自分が身の程知らずの無謀な真似をしたのか思い知らせるため、考えつく限りの酷いことをして、敏感な体を嬲った。

枕元に放り出していたレイモンドのリボンを裂き、感じて勃起した屹立を括り上げる。

ヴィクターの与える巧みな手淫であと少しで達しそうになっていたレイモンドは、この仕打ちに悶絶し、悲鳴を放った。隘路《あいろ》を堰《せ》き止《と》められた精蜜が逆流したらしい。

「ここも塞いでやろう」

さらにヴィクターは、鈴を鳴らして小姓を呼ぶと、香油に浸した金串を持ってこさせ、根本を括った陰茎に注意深くそれを差し入れた。

「ひっ……！　あっ、あっ、あ」

小姓に両腕を押さえられ､下肢はヴィクターにしっかりと体重をかけてのしかかられた状態だ。そうして身動きできなくされたレイモンドは、見開いた目の端から次々と涙の粒を零し、全身をわなわなと震わせた。

「言う気になったら抜いてやろう」

ヴィクターの言葉に、それでもレイモンドは強情に首を振る。

ふっ、とヴィクターはあからさまに侮蔑に満ちた顔をして嘲笑ってみせた。

こうなると本格的に根比べの様相を呈してきた。ヴィクターも、とうに退けない心境になっている。

猛ったままのものを無造作にレイモンドの中から引き抜く。

「ああ、あっ」

むろん許したわけではない。

慎ましく窄《すぼ》みかけた襞を右手の二指で抉じ開け、水晶でできた数珠《じゅず》を、代わりに一粒ずつ押し込んだ。

「やめてっ、ああっ、……んっ、う……」

玉は全部で十個繋がっている。大きさは小鳥の卵ほどもあるものばかりで揃えてあり、最後の一粒を入れるときには、レイモンドの口から苦しげな呻き声が洩れた。

前を括って堰き止められ、後ろには異物をみっしりと詰め込まれた状態で、レイモンドはよく堪えている。額の脂汗《あぶらあせ》が切羽詰まった様子を伝えた。ときおりレイモンドは腕を上げ、袖について いる大ぶりなフリルを嚙みしめて、零れそうになる声を押し殺していた。

「いったい誰に義理立てしているのやら」

ヴィクターは皮肉っぽく冷やかすと、身を起こして寝台の脇に侍らせていた小姓を呼び寄せ、耳打ちした。

命令に従った小姓がレイモンドの窄まった秘部に顔を寄せる。

「あっ……あ、あっ！」

擽《くすぐ》るように襞を舌先で舐められた途端、レイモンドは腰を浮かし、捩《よじ》った。

細身ながら武に秀でた力自慢の小姓は、心得たようにレイモンドの下肢をがっちりと押さえつけ、淫猥な舌戯で一時も休まず舐《ねぶ》りたてる。

その間にヴィクターはレイモンドの上着の裾の縫い取りから細い刺繍糸《ししゅういと》を一本引き抜くと、裂いたブラウスをよけ、肉づきの薄い胸板を開《はだ》けさせた。

両の乳首は連続する陵辱に淫らに反応し、つんと尖って凝《しこ》っている。

「案外、そなたはこんなふうにされるのを悦《よろこ》ぶ体をしているのかもしれぬな」

「そ、そんなこと……。あああっ、あ」

「息《いき》むとせっかく入れてやった玉が出てしまう。一粒でも出したら一度全部抜いてまた最初からやり直しだ。狂うほど感じるらしいぞ。試してみたいならやってみろ」

ヴィクターは横目で下半身を見やって意地悪く言う一方、指は赤く色づいた乳首に伸ばしていた。

充血して硬くなっている乳首を摘み上げ、指の腹で磨り潰すようにして刺激する。

「んっ、んっ……あ、あ、あっ」

二人がかりで体のあちこちを弄られ、レイモンドはひっきりなしにせつなく追いつめられた声を上げる。

刺繍糸を両の乳首に巻きつけ、きつく括りだす。

「ああぁっ」

レイモンドは美貌を歪ませ、喘いだ。意識が朦朧《もうろう》とする暇もなく次々に嬲られて、過度の刺激をやり過ごせずにいるようだ。

ヴィクターは小姓に命じて陰茎を縛《いまし》めているリボンを解かせた。

それもレイモンドには救いどころか責め苦だったらしい。しばらくは身を強張らせ、息を詰めて苦渋に堪えていた。金串を入れて塞いでいるはずの隘路から、つうっと一筋だけ透明な淫液が伝い出てくる。ヴィクターはそれすらも小姓に舌で舐め取らせた。

「そろそろ降参せぬか」

頬や額に張りつく蜂蜜色の美しい髪を払いのけてやりながら、ヴィクターは声音を心持ち優しくして言ってみた。

だが、レイモンドは黙ってヴィクターを睨み上げ、首を横に倒して拒絶した。

「……ふん」

本当に強情っ張りだ。ヴィクターは呆れつつ感心もする。ここまで忠義を尽くされれば、ネヴィルも本望だろう。よい策士を得たものだ。

冷ややかな心地になりながら、ヴィクターは両の乳首にかけて一本に結んだ糸の中ほどを強く引っ張った。

「あああっ、い、痛い……っ」

「これからもっと辛くなる」

一晩かけてでも落としてみせる。ヴィクターは心に決めた。

小姓をまた一人呼び、中途半端に脱がせたり引き裂いたりしたままになっていた衣服を二人にすべて剝ぎ取らせる。そして全裸にしたレイモンドを、今度は俯せにさせた。両膝を立て、腰だけ高く掲げる屈辱的な体勢だ。両足は大きく開かせ、恥ずかしい部分を剝き出しにする。レイモンドが荒々しく息を継ぐたびに、奥に入れた水晶玉の最後の一粒がときどき顔を覗かせた。

「いい格好だな」

ヴィクターは脇から浮いた胸に手をやって、糸を引き下げながら揶揄する。

「あああ……やめて……、痛い」

特に胸が弱いらしいレイモンドは、頭を左右に振りながら嫌がった。

それならば、とヴィクターはかえって残酷なことを思いつく。小姓の一人にいいと言うまで乳首を弄らせることにした。

「こちらは一度抜いてやろう」

水晶の玉を含んだ白い尻を摑んで手荒に揉みしだく。

先ほどからずっと襞を舐め回していた小姓に合図して、先端の一つを指で引き出させた。つるつると滑りやすい玉を、入り口を二本の指で拡げて摘み出すのだ。

「あっ、あああっ、あああ！」

最初の一玉を抜くときレイモンドは苦痛と快感とに神経をぐちゃぐちゃにされたような声を上げ、身を揺らした。立てた膝は覚束なげに痙攣《けいれん》し、今にも腰を落としてシーツに突っ伏してしまいそうだったが、それも力の強い小姓が腕で支えて許さない。

二つめからは最初に出した玉を引くだけでよかった。

窄まった襞が強引に口を開かせられ、濡れた透明な玉を一つ産んではまた慎ましやかに閉じる。それを九回繰り返すのだ。

「もう、……ああ、あ、……もう」

間断なく胸をいたぶられながらの二重の責めに、レイモンドは途中何度か意識を遠のかせかけたようだ。許しを請うセリフもときどき口を衝く。

最後の玉を抜くのと一緒に、ヴィクターはようやく前を塞いでいた金串も引っ張り出してやった。

レイモンドは惑乱したような声を放って泣き叫び、ぐったりと全身を弛緩させた。

シーツにしどけなく突っ伏した細身をヴィクターが自らの腕で抱き起こす。

レイモンドは失神していた。

誘われるように淡く色づいた唇にくちづけし、力を失った舌を搦《から》め捕《と》って吸い上げる。そうして熱の籠もったくちづけを続けつつ、真っ赤に腫れた乳首の縛めも外してやった。

「……んっ……」

レイモンドがゆっくりと目を開ける。

一瞬、ヴィクターの腕に抱かれているのを夢だと思ったようだ。ぼんやりとした表情で、おとなしく身を委《ゆだ》ね微かに小首を傾げる様子が、なんとも頼りなげで可愛らしく、ヴィクターは胸をぐっと摑まれた心地がした。

じわじわと、愛情にも近い感情が心の底から湧いてくる。

なぜだろうか。いくら美貌でも、儚げにしていても、間違いなく自分に害をなす敵だというのに。ヴィクターは自分で自分の気持ちが摑めず、戸惑うばかりだ。

はっとして我に返ったのは二人ほぼ一緒だった。

「あ……」

小さな声を立てて身動くレイモンドを、ヴィクターは再び寝台に仰向けに押さえ込み、のしかかった。

「まだこれからだ」

喋るまでは許すわけにはいかない。

水晶玉でできた数珠を抜いたばかりの秘部に指を二本突き入れる。

入り口も中も腫《は》れていた。指の感触でわかる。

「……う……っ」

それでもレイモンドは苦痛を堪える。その表情はヴィクターの劣情を煽った。

指で秘所を掻き回し、抜き差しする間、小姓の一人に己の股間をしゃぶらせ、挿入にふさわしい嵩《かさ》と硬度を持つまで育てさせた。

準備が整うと、指を抜いて怒張したものをぐっと奥深くまで挿入する。

「あああ、あっ！」

覚悟はしていただろうが、レイモンドは容赦のない責めに悲痛な声を放ち、顎を大きく仰け反らせた。

目尻に浮いた涙の粒が蠟燭《ろうそく》の明かりを受けてきらりと輝く。

「……綺麗だな、そなた」

腰を動かしながらヴィクターは感嘆するまま呟いていた。

レイモンドの切羽詰まった喘ぎ声が広い寝室中に響き渡る。

淫らな責めは窓の外が薄明るくなるまで休まず続いた。途中、二度ほどヴィクターは天蓋の支柱にレイモンドの手足を縛りつけ、媚薬を塗った淫具を挿入した状態で放置して、その間に湯浴《ゆあ》

みをしたり仮眠したりした。放置されている間も休めなかったレイモンドがとうとう口を割ったのは、どこかで雄鳥《おんどり》の鳴き声がしたときだった。

「僕の両親はあなたの父上に殺されたのです。僕は先代に復讐したかった。……でも、僕が手をこまねいている間に先代の公爵は病死されてしまった」

だから昨晩のことは、クレイトン公爵家に対する仇討ちなのだ――レイモンドはそう告げてヴィクターを唖然とさせた。

「父上が、そなたの両親を……？　アーロン・アスキスはクレイトン公爵家に仕えていた男で、駆け落ち相手のレイモンドの母フェリシアは、昔父の愛人だった女性……だと？」

まさか、だ。

しかし、この期に及んでレイモンドがでたらめを言うとは考えられない。

自分はどうなってもいいが、腹いせに両親の墓を暴くことだけはしないでほしいと必死に訴えてきた言葉に、嘘は微塵《みじん》も感じられなかった。失敗して捕らわれた以上、事情を白状すればきっとそうなるに違いないと憂慮し、ずっと我慢してきたようだ。

「墓を暴いて死者を辱めるような卑劣な真似を、この私がすると思うのか」

ヴィクターが心底心外そうに否定すると、レイモンドは顔中に脂汗を浮かべて気分悪そうにしながらも、真実を見極めようとするかのごとく探りを入れる目でヴィクターを見つめてきた。やがて、じわじわと疑いの色を薄れさせていき、寄せていた眉を解いたかと思うと、そこで精神の糸がぷつりと切れたらしく、がくんと首を横に倒して目を閉じた。

「レイモンド！」

思わずヴィクターはレイモンドの鼻に手を当て、息を確かめた。大丈夫、呼吸はしているとわかったとき、自分でも驚くほど安堵した。

ここで死なれたら後味が悪いとかそういったことではなく、純粋にレイモンドを失いたくないという、極めて個人的な思いからだ。その気持ちがヴィクターに、レイモンドの頬や額を慈《いつく》しみを込めて撫でさせた。すでに毒を盛られて殺されそうになったことなど頭から消えていた。

侍医を呼びつけ、レイモンドを診《み》て手厚く世話をするよう言いつける。

精神的にも肉体的にも追いつめられて憔悴しきったレイモンドの姿は憐情《れんじょう》を誘った。放っておけない。本来、ヴィクターは情の厚い人間だ。そうありたいと願って生きている。

侍医は気絶したままのレイモンドの体を、連れてきた介添え係二名に拭き清めさせ、傷ついた箇所に薬を塗って手当てした。

ヴィクターも寝台の脇で治療の様子をしばらく見守っていたのだが、裂けた秘部を拡げて薬をつけた綿棒を奥まで差し入れて手当てする際《まあ》、意識をなくしているにも拘らずレイモンドがビクッ、ビクッと身を打ち震えさせるのを目の当たりにすると、自分のしたことのあまりの酷さに正視しかね、その場を離れた。

まだ太陽は丘の上に顔を覗かせたばかりで、低い位置から薄闇を切り開いていくように光を放っている。

そんな景色を窓辺で眺めながら、ヴィクターは小姓に手伝わせ、衣装替えをした。部屋着を脱いで朝用の衣装を身につける。

その上から裾の長いマントを羽織り、早朝の冷厳な空気に包まれて乱れた心を落ち着かせるため、テラスから中庭へと下りていった。

Ⅳ

どこかで弔《とむら》いの鐘が鳴っている。激しい不安に掻き立てられて、心臓を割れるほど震えさせながら、レイモンドは右も左もわからない中を彷徨《さまよ》い続けていた。

どこだろう。いったい、どこに行けばいいのだろう。

焦れば焦るほど頭が混乱してきて、何も考えられなくなる。

誰かの助けを借りなければ、どうしていいのかわからない。だが、見渡す限りレイモンドの周囲には荒れ野が広がっているばかりで、どれほど目を凝《こ》らしてみても人らしき姿は一つも見えないのだ。

強烈な孤独感に襲われる。

寄宿舎で一緒だった学友の顔すら、磨り硝子《ガラス》越しに見ているようで、うまく思い描けない。

足取りが覚束なくなり、とうとうレイモンドはその場に立ち尽くしてしまった。

吹きつける風が髪を乱して頬を叩く。いつの間にか一纏めに括っていたリボンが取れている。

そうだ、リボンはクレイトン公爵に切られたのだった——レイモンドは突如として思い出し、全身をぶるっと震わせた。

淫靡な責め。行為自体はヴァレンタイン公爵にも嫌というほどされてきたことだ。さして違いはなかったはずなのに、あの気高く毅然とした美貌の青年公爵の手にかかると、まるで違った辱めを受けたような気になった。

無理やり捻り込まれて気が遠くなるほどの苦痛を味わわされても、辛いだけではなかった。だからこそはしたなく前を勃《た》たせてしまい、さらなる責め苦を受ける羽目になったのだ。金串を差し込まれて逐情できなくされたときには恨めしさに泣いたが、ああされていなければどれだけ無節操にシーツを濡らしたかしれない。

思い出すだけで体の芯が痺れ、じわじわと熱っぽくなっていく。

敵と憎むには、ヴィクターは魅惑的すぎた。まさに魔物はかくあらんという見本のような人物だ。

そのとき、足元でにゃあと抗議するような鳴き声がした。

ヴィクターの黒猫だ。確か名はロウズ。優しくて花のように可憐な美少女アデルが、兄の愛猫よ、と教えてくれた。

アデル。アデル。ヴィクターの異母妹の彼女には、とても不誠実で申し訳ないことをした。歳も一つ違いで親近感が湧きやすく、なによりヴィクターに深く愛されている存在だということが、レイモンドに近づくことを決意させた。たとえレイモンドが躊躇ったとしても、ネヴィルにアデルを利用してヴィクターの懐に潜り込めと命じられただろう。

またロウズが不機嫌そうに鳴く。

レイモンドをばかにしたような目で睨み上げたかと思うと、つんと澄まして歩きだす。

待ってくれ。

レイモンドは慌ててロウズの後を追いかけた。それしか他に進み方がわからなかったのだ。一人取り残されるのはあまりにも心許《こころもと》なかった。寂しくもあった。

だが、ロウズはあっという間にレイモンドの前から姿を消してしまった。きっとヴィクターの元へ帰ったのに違いない。

ロウズ！

置いていかないで、と情けなくも不安でいっぱいになって叫んだとき、目が覚めた。

「……あ……」

簡易な天蓋を見上げ、レイモンドは愕然とし、それから虚脱した。

見知らぬ寝台に寝かされている。ヴィクターに責め続けられた場所とは違う、もっとこぢんまりした部屋だ。普段は商用などで来た客人あたりを泊めるのだろう。

それにしても明るく心地のよい角部屋で、腰高の窓が二面合わせて四つある。そのうちの一つは出窓になっており、壁の窪《くぼ》みには布張りのソファが据えられていた。

外は上々の天気らしい。

燦々《さんさん》とした陽光がレース織りのカーテンを通して差し込んでいる。

室内には他に人気《ひとけ》はなかった。

ゆっくりと頭を擡《もた》げて身を起こす。肌に優しい薄絹の寝間着を身につけているのに気がついた。まず一番にロケットタイプのペンダントを確かめる。それはちゃんと首にかかっていた。楕円形のトップを握りしめ、安堵する。

腰の奥や恥ずかしい部分に疼痛《とうつう》はあったが、動けないほど酷くはない。無理な体勢で長時間責め苛まれたため、関節や筋などあちこちが凝《こ》ってぎくしゃくするが、それに紛れてしまう程度の痛みだ。むしろ、手当てされて包帯を巻かれていてもぴりりと痛む乳首の腫れが辛かった。括り上げられて引っ張られ、噛まれたり吸われたり揉み潰されたりして傷つけられたうえ、懲らしめに刺激物を交ぜたクリームを塗り込まれ、痛みと痒みに悶絶するほど苦しめられた記憶が甦る。

レイモンドは寝間着の上からそっとずきずきする胸に触れ、あのときはよく堪えたものだと我ながら思った。しかし、結局はそれも無意味だったのだ。

裸足で寝台を下り、ソファのある出窓に歩み寄る。

この部屋は二階に位置していて、出窓は裏庭に面していた。季節柄枯れかけてはいるが、手入れの行き届いた牧草地帯が広がっているのが見下ろせる。家畜の姿はなかったが、右手に厩舎《きゅうしゃ》と思しき建物があった。

ここを出られるかもしれない……。レイモンドは思案した。

部屋の扉は施錠されているものの窓はどれも開く。衣装戸棚には真新しいブラウスとズボン、そしてレイモンドのブーツが仕舞われていた。たぶん、ヴィクターは当分レイモンドが床を離れられないと考えたのだろう。扉の外には見張りが立っているかもしれないが、窓の下には誰もいない。

逃げるなら今だった。

ヴィクターは両親の遺体を陵辱しはしないと明言した。その言葉は信じられる気がする。あのときのヴィクターは真摯《しんし》だった。ちらりとでもそんなふうに思われたことに、憤りすら感じているように見えた。もしレイモンドがヴィクターの意に染まぬことをしたとしても、今さら前言を翻《ひるがえ》しはしないだろう。

とにかく、ここを出てヴァレンタイン公爵の城に戻らねばならなかった。

意識を失ったままどのくらい経ったのか定かでないが、一晩であっても無断で外泊したとなれば、ネヴィルはさぞかし機嫌を損ねているに違いない。

けれど、ネヴィルに聞かなくては。

レイモンドはこのままでは納得がいかず、生きる目的を見失ってしまいそうだった。

レイモンドの両親を殺させたのはヴィクターの父だと告げたときのヴィクターの驚き、不審、困惑は、芝居には見えなかった。本当に何も知らなかったのだとわかったし、そんなばかなことがあるはずがないと心の底から思っているのも伝わってきた。

息子が父親を信じるのは当たり前といえば当たり前だ。だが、単にそれだけではなく、ヴィクターは人として前公爵を敬愛し、慕い、信頼していたようだった。一領民として領主の徳の高さを誇りに思い、かつ、自分も前公爵のごとき名君になれるよう心がけている——そういう気概が感じられたのだ。

もしかすると自分はとんでもない勘違いをしているのではないか。

これまでにも幾度か、ネヴィルを訝しく感じることがあったが、そのたびによけいなことは考えるな、迷うな、言う通りにすれば亡き両親に報いることができるのだと叱咤され、うやむやなままにしてきた。

他に相談できる相手もいなかったので、真実とは何かと考えだしたところで明快な答えが得られるわけもない。

堂々巡りをして、つまるところ、ネヴィルを信じるしかないとなるだけだった。

ヴィクターの澄んだ、誠実そうな瞳がレイモンドを迷わせる。心を掻き乱す。

信じたかった、のかもしれない。

レイモンドは言い訳しようもなくヴィクターに情を覚えてしまっていた。チョーサーに抱かれるときのような嫌悪感はなかった。なぜだろう。ネヴィルがする仕打ちよりも酷いことをされたのに、ヴィクターを恨む気には最後までなれなかったのだ。すべては自分が強情を張るからなのだと受け止められた。

「……ああ、もう、僕には何がなんなのか……わからない」

あっさりとネヴィルの言葉だけ信じて行動してきた己の愚かさ、浅はかさがひしひしと感じられる。

もっと冷静になるべきだった。

自分でも精一杯調べてみるべきだったのではないか。

一年前のレイモンドは、愛する両親を一度に、あまりにも唐突に失ったことに動揺してしまい、正気でなかったのだ。そうに違いない。

一度戻って、今度こそネヴィルを問い質すのだ。

逃げるならば窓からだ。

レイモンドは固く決意すると、まずは裾が床まで届く薄絹の寝間着を普段の服に替え、室内をくまなく探った。

ソファの下に大きめの硝子片が落ちている。誰かがこのあたりでグラスを落として割ったのだろう。

ちょうどいいものが見つかった。まだ運に見放されてはいないらしい。

レイモンドはシーツを剝ぐと、硝子片の鋭い切っ先を使って布に切れ目を入れ、手で縦長に裂いた。そしてそれをしっかりと繫いでロープのように長い紐《ひも》を作る。

できた紐を、外壁側に花台の鉄柵がついた腰高の窓に結わえ、垂らす。

紐はなんとか地面近くまで届いた。

こんな無茶をするのは初めてだ。正直、怖い。けれど、このままではいられないという強い焦燥感が怖じ気《おけ》に勝ってレイモンドを奮い立たせる。

途中で紐が切れたら、もしくは誰かに見つかったら――。

さまざまな憂慮を抱えて胸は張り裂けそうになり、耳鳴りがし、こめかみが脈に合わせて鈍く痛んできた。

それでもなんとか自分で自分を鼓舞し、レイモンドは紐を摑んで少しずつ壁伝いに下りていき、とうとう真下にあった花壇《かだん》の軟《やわ》らかな土を踏みしめた。

「ごめん」

どうしても避けられず踏んでしまった花に一言謝り、後は脇目もふらずに厩舎に向かって走った。

必死になると体の痛みや異変など感じなくなるものらしい。

厩舎には、立派な栗毛の馬が数頭繋がれていた。そのうち手前の二頭には鞍《くら》がつけてある。もうじき誰かがこれに乗りに来るのかもしれない。馬丁《ばてい》の姿がないのは、まさに今、馬の準備ができたのを知らせに行っているからだろう。

願ってもない状況だった。

もっとも、貴族でもなければ富裕な家の出でもないレイモンドには乗馬の嗜みはなかった。しかし、よく躾《しつ》けられていると思しきクレイトン公爵家の馬ならば、もしかすると乗りこなせるかもしれない。

レイモンドは二頭のうち優しげな眼差しを自分に向けてきた馬の柵《さく》を外すと、首を撫でながら宥《なだ》めるように声をかけた。

「乗せておくれ、頼むから」

ぶるる、と馬が軽く嘶《いなな》き、早く乗れと言うように蹄《ひづめ》をカツンと鳴らす。

躊躇う間はなかった。

レイモンドは勇気を出して踏み台に上がり、馬の背に跨《また》がった。

高い。予想していた以上の高さに体が竦みそうになる。

ごくりと唾を飲み、軽く馬の腹をブーツを履いた爪先で蹴る。馬はゆっくりと前に進みだし、厩舎を出た。

四方を見渡してもまだ人影は見えない。

「……落とさないで。初めてなんだ」

祈るような気持ちで馬に囁きかけ、もう一度、今度は強く腹を蹴る。こうして馬を走らせることは知っていた。

心得たように馬が走りだす。

レイモンドは必死で太股を締め、馬の鞍に跨った姿勢を保った。

牧草地を駆け抜ける。

裏門が見えてきた。門番は走ってくる馬を見ると、慌てて鉄柵状の門を開け、レイモンドを通してくれた。止められて捕まえられるかと心配していたが、門番はレイモンドが逃げ出したことは知らないらしい。門番だけでなく、公爵家の中のほとんどが、レイモンドの引き起こした一件について何も知らされていないままなのかもしれない。ヴィクターは事を荒立てるのをよしとしなかったようだ。

ますますヴィクターという人が想像とずれてくる。

代わりにレイモンドの胸には、ネヴィルへの不信感が黒雲が垂れ籠めるように増幅してきた。

馬を駆り、田園地帯を走り抜ける。

なだらかな丘の側面には、収穫を終えたばかりの田畑が広がっている。見事に整地され、灌漑《かんがい》設備が行き届いたクレイトン公爵家の領地を見ると、いかにヴィクターが、そして先代が、領民のことを親身に考える優れた領主なのか察せられた。こんなふうにできる男たちが、果たして私利私欲を求めることにだけ熱心な暴君になり得るだろうか。レイモンドにはとてもそうは考えられない。

追っ手はかからなかった。

鞍に跨っているうちに、レイモンドは天性の勘のようなもので、いつの間にかすっかり馬を乗りこなしていた。

いったん市街地に出て、また田畑ばかりが続く田舎道を走る。

ブラウス一枚では肌寒く、一刻も早く暖を取れる場所に行きたかった。無我夢中だったときには忘れていられた全身の痛みも、あともう少しでネヴィルの城が見えてくる頃になると、安堵感と共にぶり返してくる。

ネヴィルが優しく迎えてくれるはずがないという精神的な重圧も影響してか、寒気と苦痛は徐々に強くなり、裏手にある通用門の手前で馬を降りたときには極限にまで達していた。

「ありがとう……ここまででいいよ」

レイモンドは馬の鼻を撫でて労《ねぎら》い、手綱を引いて今来た道を引き返すように向きを変えさせると、硬い尻を平手で叩いて走らせた。

無事、クレイトン家の厩舎に戻ってくれればいいと祈る。

馬を見送った後、レイモンドは重い足を引きずって、門番のいる小屋へと歩み寄っていった。

ちょうど昼時の休憩が終わったばかりらしく、門番は交代要員を含めて三人いた。そのうちの一人がレイモンドに気づき、顰めっ面のまま皮肉っぽく声をかけてきた。

「遅いお帰りですな、レイモンドさま」

「やっとお戻りか。おい、おまえ、お殿さまにお知らせしてこい」

「おう。どうせ向こうに行くついでだ、任しとけ」

背の高い男が足取りも軽く走っていく。

「レイモンドさま、戻られ次第すぐに執務室の方に来るようにとのお達しですぜ」

門を開けながら、生まれつき足が悪い年配の門番が気の毒がる顔で言った。

「わかった。ありがとう」

答えて敷地内に入るなり、レイモンドは強い眩暈《めまい》に襲われてその場に膝を突き、そのまま横倒しになってしまった。

「お、おいっ、大丈夫かねっ！　ジャック、ジャック、こっちに来てレイモンドさまの足を抱えろ」

門番の叫び声が頭上で響く。

レイモンドはそれをぼんやりと聞いていた。意識はあるのだが、体が動かせない。瞼《まぶた》を開けることもできなかった。

体がふわりと宙に浮き、揺れる。

脇と足を抱えて門番たちがレイモンドをいったん小屋に運び入れたようだ。

仮眠用の寝台に寝かしつけ、毛布で包んでくれる。

「こんなに冷え切っちまってよう」

「……ありがとう」

しばらく体を温めてもらったおかげでいくらか楽になった。手足や瞼を動かせるようにもなった。

もう少し休んでいくように勧めてくれる門番に、素直に感謝する。あまりぐずぐずもしていられないが、僅かな親切でも身に沁みて嬉しかった。助かりもした。

門番が熱いお茶を淹れてきてくれる。

レイモンドは上体を起こしてそれを飲むと、心配そうな目つきの門番に見送られ、小屋を後にした。

ばらけたままの髪を左に纏めて肩の前にやり、撫でつける。

母親譲りの蜂蜜色の髪は、触れるたびにレイモンドに勇気と希望を与えてくれる。本当はここまで伸ばすつもりはなかったのだが、惨劇以来、仇討ちを完遂できるようにと願をかけているので、このところずっと毛先を揃える程度にすらも鋏《はさみ》を入れていない。

裏門から城内までの長い道のりを歩くうち、さっきまで気持ちよく晴れていた空が徐々に曇ってきた。

肌寒さが増す。

レイモンドが屋根の下に行き着いたのと同時に、雨が降り始めた。

否応なしに先行の暗さを感じさせられる。

ネヴィルは執務室で苛立ちを隠さずにレイモンドを待ち構えていた。せめてもの救いは、チョーサーがおらず、ネヴィル一人だったことだ。

「無断外泊とはたいした身分になったものだな」

レイモンドがただいま戻りました、と立ち上がったネヴィルの足元に膝を突くや、ネヴィルは酷薄さの滲む声音で言い、手にしていた細く短い鞭《むち》でレイモンドの顎を上向かせた。

「バルフォア家の娘は暗くなりかけた時分に一人で帰宅したのを確認済みだ。おまえはあやつと今まで何をしていた？」

「男同士の話をしようと仰りまして……」

「ほう？　まさか、よけいなことまで喋ったわけではあるまいな？」

ネヴィルの目が陰険さを含み、すっと細くなる。レイモンドはそっと睫毛を伏せた。こういう目で見られたときはろくな展開にならないことを、すでに嫌というほど味わわされている。恐ろしかった。顎の先が震えてしまう。

いっそすべてを話し、知りたいことを聞くしかない心境になる。下手なごまかしはかえってネヴィルの不興を買うだけだ。

「申し訳ありません」

レイモンドは気をしっかり持ち直し、極力顎の下の鞭の存在をなるべく意識しないように努め、ネヴィルを見上げて言った。

「どうしても辛抱しきれずに、早まった真似をしてしまいました」

「なんだと？」

どういうことだ、とネヴィルが眉を吊り上げる。鞭の先にぐっと力が込められた。

「目の前に、父と母の敵と同じ血筋の男がのうのうとしているのかと思いますと、ひと思いに仇を討ちたくて矢《や》も楯《たて》もたまらなくなり、以前公爵さまから万一の時のためにとお預かりしておりました薬を、クレイトン公爵の酒に入れてしまったのです」

「そしてそれをあやつに見破られたというわけか？」

「はい……」

「この、うつけ者めっ！」

空気を震わせるような怒声と一緒に首筋を鞭で痛烈に撥《は》ねられる。焼けつくような痛みがレイモンドを襲う。打《う》たれた衝撃が去ると、今度は傷口が熱を持って疼き始めた。触って確かめずとも一直線に蚯蚓《みみず》腫《ば》れができたのが目に見えるようだ。

「……申し訳、ございません」

レイモンドは手を突き、額を床につけるようにして謝罪した。

「ばかめが。勝手なことをしおって！　これではせっかく私がお膳立てしてやったこれまでの苦労が水の泡ではないか！　それでおまえは、一晩留め置かれ、尋問を受けていたと申すのか？」

「はい、ですが、ヴァレンタイン公爵さまは何もご存じなく、ひたすら私めの一存であることは翻意いたしませんでした。それより他には何も申しておりません。気を失いました私にクレイトン公爵は油断召されたご様子で、見張りも何も置かずに私を一人にしました。私はその隙に抜け出してきた次第です」

「なるほど、私のことは何も触れなかったと申すか。いいだろう。もしよけいなことを喋ったとあらば、おまえを今すぐ裸に剝いて下男どもの慰み者にしてやるところだぞ。万一それで一晩生き抜けても、翌朝は獰猛《どうもう》な肉食獣の檻《おり》に投げ込んでやる。今後また同じことが起きたときのために、よく覚えておくことだ」

「は、はい」

考えただけでぞっとする。

やると言ったらネヴィルは必ずやる男だ。

咄嗟の判断で、ヴィクターには何一つ話さなかったと言い切ったのだが、そういうことにしておいて幸いだったと、ひしひし思えてくる。

レイモンドは小刻みに震えてきた体を必死に抑え、「公爵さま、一つだけ質問をお許しくださいませ」と切り出した。

「なんだ」

ネヴィルはレイモンドから事情を聞いて多少なりとも気持ちを収めたのか、横柄にではあったが認める素振りをする。

「あれから私、自分なりにいろいろと考えました。代々のクレイトン公爵につきましても、お人柄など、気になってたまらなかった点を調べさせていただきました。公爵さまからお伺いしたことを、詳しく知りたいと思ったからです。どういうふうに迫って仇を討つのが最適なのか、検討したい気持ちもありまして」

「よけいなことだ！」

「他意はなかったのです」

決してネヴィルを疑っているわけではないと強調しつつ、レイモンドは食い下がった。

「ですが、知れば知るほど、私には先代のクレイトン公爵が父母を強盗に襲われたと見せかけて殺させる方には思えなくなってきたのです。いかに愛妾だった母や信頼していた従者の父に裏切られたとしても、そんな卑劣な真似をするとは考えられないのです。もしかすると、まだ他に、私の知らないことがあるのではないでしょうか。公爵さまは、私を哀れに思ってくださるあまり、その事実をお話しになれないでおいでなのではありませんか……？」

ネヴィルを憤らせ、生意気なと一刀両断されぬため、レイモンドはあえてネヴィルに退路を用意した言い方をした。問いつめるような聞き方は間違ってもしてはいけない。レイモンドにもいいかげんネヴィルの扱い方が呑み込めてきていた。

一瞬息を詰め、忌々しげに鞭を振り上げかけたネヴィルだったが、レイモンドがまだネヴィルを芯から疑っているわけではない、信じているのだと窺わせる言葉を続けると、ここは叱るより疑惑を解消させたほうがいいと思い直したようだ。

レイモンド自身、今さらネヴィルが悪だったと考えねばならないのは辛すぎた。できれば信じたい。信じさせてほしいと祈る気持ちになっていた。

「そこまで気づいたのなら仕方がない」

ネヴィルは急に声音を柔らかくすると、鞭を手近の円卓に載せ、「立つがよい」とレイモンドに椅子を勧めてきた。

「できればおまえには、両親の仇はクレイトン公爵だと思わせておいてやりたかった」

ネヴィルも安楽椅子に腰かけ、神妙な顔つきで話し始める。

レイモンドは固唾を呑んで耳をそばだてた。一言一句聞き逃せない。いよいよネヴィルが隠していたことのすべてを明かしてくれると信じたのである。

「だが、実は違うのだ」

「どういうことでございますか。お願いです、仰って下さいませ、公爵さま」

「聞いて驚くな」

「覚悟はできております」

何を聞いても驚かないつもりだった。

ネヴィルはわざとのようにしばらく口を噤み、レイモンドを緊張させる。ほとんど精神力だけで体を支えているレイモンドには、ほんの短い間でも永遠であるかのごとく長く感じられ、次の言葉が待ち遠しくてならない。

「思い切って仰ってくださいませ」

あまりにも長い沈黙に、レイモンドは辛抱しきれず嘆願した。

ふっ、とネヴィルが硬くしていた表情を緩め、レイモンドを流し見る。

「おまえもつくづく因果な星の下に生まれたものだな。いいか、一度しか言わぬからしっかり聞くがよい。実を申せば、おまえの母親は先代クレイトン公爵の愛人ではなかった。現国王陛下の愛妾だった女で、レディ・アデレイドと呼ばれていた」

「えっ？」

思いもかけぬ発言に、レイモンドは耳を疑った。

本当の敵が存在するのではないかという質問に、まさかこんな形の真実が浮かび上がってくるとは予想外すぎた。不意打ちを食わされたようなものである。

「レディ・アデレイド？　……よく、わからないのですが……。母の名はフェリシアと申しました」

「それは偽名だ。本当の名はアデレイドという。知る者の間では未だ記憶から消えぬ名前のはずだ。なにしろ陛下を裏切ったのだからな」

「そ、それでは……父は、父は何者だったのでしょうか。クレイトン家の従者で間違いないのでしょうか？」

レイモンドは覚束なげな声で聞く。頭の中は乱れに乱れ、いっこうに纏まりそうもない。

「当時宮廷に学識経験者として仕えていたロジャー・ウェッブ卿だ」

ネヴィルは急場しのぎの作り話とは思えぬ淀《よど》みのなさで教える。

「ウェッブ卿……」

信じがたい気持ちでレイモンドは呟く。

「調べてみるがよい、おまえの得意なやり方でな。ずいぶん前の醜聞だから、宮廷内でも誰も口さがなく噂したりしないが、うまく聞き出せば誰かが教えてくれるだろう。前からそなたに話して聞かせていた内容に相違はない。ただ、陛下の名を出さずにおきたかったため、実行犯のクレイトン公爵の名を借りたまでのこと。アデレイドは陛下のご寵愛を一身に受けておきながら、あろうことかウェッブ卿と密通し、駆け落ちしたのだ」

「そんな。そんなことがあるなんて」

「裏切ったのだ、陛下を。それは動かしがたい事実だ。ウェッブ卿は追っ手を逃れるためにアーロン・アスキスと名を変えて、アデレイドにもフェリシアと名乗らせた。そして二人で誰も知らない田舎に籠もり、すぐにおまえが生まれたのだ。十九年近く前のことになる。レディ・アデレイドは不義密通していたウェッブ卿の子を身籠もり、陛下に知られるのを恐れて離宮から逃げ出した。陛下の怒りの凄まじさはおまえにも想像がつくだろう。執念で捜し当て、二人共に殺させてようやく屈辱を晴らしたのだ。おまえは運がよかった。家にいたなら間違いなく一緒に斬られていたのだぞ」

確かにネヴィルの言う通りだったかもしれない。レイモンドが一人だけ助かったのは、その場にいなかったからだ。

レイモンドは喉を上下させ、頬にかかってきた髪を払いのけた。指の震えをなんとか止めたかったのもある。

「では、では、クレイトン公爵は……？」

「陛下に命じられて二人の始末を引き受けたのがやつだ。おまえの見立てた通り、本来は血腥《ちなまぐさ》いことのやれる男ではない。しかし、陛下に取り入るため、いや、もっとはっきり言うならば次期国王に自分を推《お》してもらうため、引き受けざるを得なかったわけだ」

「……そう、……だったのですか」

レイモンドは眩暈を感じ、こめかみを押さえた。

「なぜこの私がこういった事情を知っていたか、これでわかっただろう。そうだ、実は私も陛下から暗殺に協力しろと仄《ほの》めかされていたのだ。だが私は、それはなりませんとお断りした。一方、同じように頼まれたクレイトン公爵は欲に目が眩《くら》み、まんまとやってのけたというわけだ。まさかそのすぐ後に自分が病床に伏す羽目になろうとは考えもせずにな。皮肉なものだ」

ネヴィルはいかにも小気味よさげに高笑いした。

嫌な感じだとレイモンドは眉を寄せたが、ネヴィルの話に疑う節は見つけられなかった。それはそれで理にかなっていると思えたのだ。

「おまえに陛下が本当の仇だと教えなかったのは、私なりの配慮からだ。実行犯のクレイトン公爵に復讐を果たさせてやれたら、せめてもの手向《たむ》けになるだろうと考えた。陛下では事が大きくなりすぎる。逃げた愛妾を捜し出し、裏切られた腹いせに夫ともども刺客に殺させたなど、明るみに出れば国自体が大騒ぎになるだろうという心配もあったのだ。真実を伝えず悪かった」

ネヴィルはレイモンドに詫びさえした。

レイモンドは俯いたきり身動ぐことすら忘れていた。

本当の敵は陛下――絶望が襲う。

「だが、ここまで打ち明けたからには、私も腹を括ろう」

少しの沈黙を置き、やおらネヴィルが言いだした。

レイモンドはじわじわと顔を上げた。頭の中は相変わらず混乱したままだ。何一つ考えることができずにいた。

「聞いたからにはおまえももう知らなかったことにはできまい？」

それは確かにその通りだ。

レイモンドは身を強張らせつつ、それだけ思った。

「機会を作ってやろう、この私が」

ネヴィルがゆっくりと、潜めた声で言う。

ドキッと心臓が大きく弾む。

「機会、ですか？」

「そうだ。国王陛下に近づいて、復讐する機会だ」

「……でも、どうすれば叶いますか？」

レイモンドは息をするのもやっとなくらい全身を激しく緊張させながら問い返した。なんという大それた相談をしているのか。恐ろしさにどうにかなってしまいそうだ。けれど、聞かずにはいられなかった。

「なに。この間の園遊会の際、どうやら陛下はおまえに関心を持たれたご様子だ。たぶんその母親譲りの美しい髪に心惹かれたのだろうよ。うまく私から持ちかけ、ご夕食を共にしていただく機会を作ってやろう。陛下はおまえをきっと抱きたがる。閨《ねや》の中では陛下も無防備だ。おまえは恥ずかしがってみせ、小姓らを遠ざけてくださいませと願えばいい。二人きりになったときが狙い目だ」

「ですが……そんな、そんなことが……」

「可能だ、レイモンド」

ネヴィルは立ち上がるとレイモンドの傍に寄り、いつになく優しく肩を抱き寄せてきた。

「私はおまえを実の息子のように思っている。躾には厳しいが、愛情を持って接してきたつもりだ」

「ありがとう、ございます……」

「さっきは打って悪かったな」

「いえ、そんな」

ネヴィルの指がつうっと蚯蚓腫れを辿る。

「うっ……」

痛みにレイモンドは眉を寄せ、喘いだ。

「レイモンド」

ネヴィルが傷の上に唇をあてがい、舐め上げる。

「今夜一晩よく考えろ。きっと悪いようにはしない。後の面倒もすべて私が見てやろう。仇討ちは我が国で正式に認められている行為だ。たとえ相手が陛下でも、正当な理由がある限り誰にもおまえを罰させはしない」

「考えさせて、ください」

「部屋に行くがいい」

レイモンドはネヴィルに腕を引かれ、椅子を立つ。

ふらつく体をなんとか支えつつ、ネヴィルの執務室を出た。

あてがわれている部屋は北の端に位置し、火の気がないと寒々しい。

辿り着くなり、レイモンドは狭い寝台に倒れ込み、そのまま気を失ったように眠りについた。

*

「なんだと。今、なんと申した、カワード卿？」

ヴィクターは背凭れの高い執務用の椅子から腰を浮かさんばかりになりながら、驚愕の声を上げた。

「はっ。驚かれるのも無理はございません。調べましたこの私ですら未だ信じがたいのですから」

対するヒュー・カワード卿も額に浮いた汗をハンケチで押さえつつ、動揺しきっている。

レディ・アデレイドが孕《はら》んでいたのは女児ではなく、男児だった――。

もしかしてという予感に駆られ、カワード卿にもう一度徹底して調べ直すよう命じたのはヴィクター自身だが、やはりそうだったかと納得する気持ち半分、まさか本当に勘が当たっていたとは信じがたい気持ち半分だ。

これが示唆することにまで考えを巡らせると、知らなかったとはいえなんという大それた事をしでかしてしまったのかと冷や汗が出て、背筋が薄ら寒くなってくる。

ヴィクターは椅子に深く座り直し、動揺を抑えようと努力した。ここはひとつ冷静に、順序立てて考える必要があった。

「もう一度しかと確かめておきたいのだが」

「なんなりとお尋ねくださいませ」

「まず、父のことだ。先代にはフェリシアという愛妾もいなければ、アーロン・アスキスという従者も仕えていた記録はない……二十年近く前の話だが、これは間違いないのだな？」

「間違いございません。断言できます」

カワード卿は力強く保証する。

「先代の公爵さまにはその当時ご側室はいらっしゃいませんでした。アーロン・アスキスという従者もしかりです。それどころか、公爵さまがレイモンドさまからお聞きになったその筋書きは、畏れ多くも国王陛下の寵姫《ちょうき》であったレディ・アデレイドとロジャー・ウェッブ卿の一件とまさしく瓜《うり》二つ。何か大きな誤解があったのだとしか考えられません」

「ああ。私も話を聞いたとき、そんな偶然があるものかと愕然となった。あまりにも二つの話は似すぎている。もしこれでレイモンドが女なら、かねてより私が捜し求めていた姫君の条件にすべて合致するではないか。だが、レイモンドは間違いなく男だ。やはり偶然か、それとも、根本が違っているのか。ついにそこを疑い始めざるを得なかったのも、道理であろう」

「はい。公爵さまのご命令に従い、私もこのたび徹底的にお調べいたしました」

その結果判明したのが、レディ・アデレイドが産んだのは本当は男児だったという、にわかには信じられない事実だったのである。

「誰かが作為的に誤解を生じさせ、レイモンドを真実から遠ざけているのだ」

あえて誰かなどと言葉を濁しながら、ヴィクターはネヴィルの顔を思い浮かべ、目を眇《すが》めた。

「自分で調べておきながら、まだ私も信じられません……」

カワード卿は他に適切な言葉が見つけられないように、信じられないと繰り返す。

無理はなかった。

これが真実とするならば、国王にはれっきとした世継ぎの王子がいることになる。そしてそれは、十中八九、レイモンド・アスキスを指すのである。

「ウェッブ卿はたいそう慎重で思慮深く、忠義な方でした」

「しかし、味方であった父上にまで偽りを告げていたとはな」

そのためにヴィクターはこれまで見当違いに姫君を捜して無駄足を踏まされていたのだ。苦々しさを込め、いくぶん冷ややかに言った。

それに対してカワード卿は神妙な顔つきで「いいえ、公爵さま」と首を振る。

「おそらく王子の身の安全を強固に守るためには、先代の公爵さまですら欺くほどの用心深さが必要だったのです。事実、二人は結局、見つけ出されて命を奪われてしまいました」

「ああ、そうだ」

てっきりまだ生きていると思って捜していたウェッブ卿とレディ・アデレイドは、すでに何者かの手にかかり、暗殺されてしまっていた。レイモンドの言うアーロン・アスキスとフェリシアが二人の偽名であったことは、カワード卿がすっかり調べ上げている。

「間違い、ないのだな……？」

ヴィクターは手のひらで顔を覆い、指の隙間から目だけ見せて、くどいくらいに念を押す。

「はっ。間違いございません。レイモンド・アスキスさまは、レディ・アデレイドが陛下との間に身籠もったお子さまです。証人にも会って参りました」

「証人とは？」

「出産に立ち会い、お子を取り上げた産婆《さんば》と、その娘です。産婆は、若かりし頃に母親の介添えで陛下自身のお誕生の瞬間にも立ち会ったという、現在七十を超える老婆です。そして、産婆の娘が、レディ・アデレイドが最も心を許していた小間使いでした。ご懐妊なされたことに一番に気づいたのも彼女だったようです。私は彼女にも会って話を聞きました。母親の産婆が取り上げた男児は、間違いなく陛下のお子だそうです。レディ・アデレイドは一度たりとも陛下を裏切り、不義を働いたことなどないと断言しました。そんなことがあれば、常にお傍にお仕えしていた自分が気づかぬはずはないと言うのです。ウェッブ卿は、レディ・アデレイドとお子さまを守るため、ずっと付き従っていただけのようです」

なんという忠義な男だ。ヴィクターは感嘆し、ウェッブ卿の非業の死を思い、胸が詰まった。

「お子さまが十八の誕生日を迎えられて成人なさるまで大切にお守りするのがご自分の務めと、心をお決めだったのでしょう」

「おそらく、父上ともそんな話がついていたのであろうよ。成人される頃、父上が陛下とお子をお引き合わせする手はずになっていたのだ」

ところが、そろそろという時期になった頃から、突如としてウェッブ卿からの連絡が途絶えてしまった。なぜならば、卿はレディ・アデレイドと共に殺されたからだ。だが、ウェッブ卿たちの居場所を知らず、向こうからの連絡を受けるのみでいた父公爵には、何が起きたのかわからなかった。胸騒ぎを覚え、早急に捜し出して連絡を取らなくてはと焦り始めた矢先、今度は自分自身が流行病に罹《かか》って寝込むこととなり、花の頃、大きな秘密と心配を抱えたまま逝った。ヴィクターに、なんとしてでも彼らを捜し出し、お子さまを陛下と引き合わせて差し上げてくれと遺言するのが、精一杯だったのだ。

「私が想像いたしますに、ヴァレンタイン公爵さまは、レディ・アデレイド失踪の真意を見抜いておられたのではないでしょうか」

カワード卿が黒い目を瞬かせつつ控えめに言う。

「なるほど。レディ・アデレイドの人となりを知っていたのならあり得る話だな」

「ヴァレンタイン公爵さまも、前々からずっとお二人の行方を捜しておられた様子です。公爵さまの従者と思しき連中が、あちこち聞き回り、調べていたようだという話を、今回ちらほら耳にしました。見つけ出して始末しろと命じておられたのに違いありません」

「……非情な話だな」

レディ・アデレイドが国王の傍を離れなければならなかった理由が察せられる。

ヴィクターは深々と溜息をついた。

「しかし、わかりません。いったいなぜヴァレンタイン公爵さまはレイモンドさまを手にかけられなかったのでしょうか」

「それは私も疑問に感じていた。この期に及んで情など湧かせる方でないことはわかりきっている。考えられるのは、レイモンドが何一つ自分の出自について聞かされていないのを知り、より残忍な策を思いついたということだ。レイモンドに嘘を吹き込み、あろうことか我が父上を敵と狙わせ、復讐だと言いくるめて暗殺させようとした。うまくいけば邪魔者は消える。自らの手を汚すことなく、敵対するクレイトン公爵家に汚名を着せ、追い落とせるのだ。挙げ句、何も知らないレイモンドには二度と都に立ち入るなと釘を刺し、姿をくらまさせる。……もしくは、いずれひっそりと殺すつもりでいるのかもしれない。利用するだけ利用してやろうと考えたのではないか」

「こうしてはいられません、公爵さま！」

カワード卿が拳を固め、ずいと一歩前に出る。

「ああ」

ヴィクターも重々しく頷いた。

すぐにでもレイモンドをヴァレンタイン公爵の元から引き離さなければ。そして、真実を話す。おそらくレイモンドはヴィクターの言葉を簡単には信じないだろう。なにしろヴィクターはレイモンドにあらん限りの恥辱を与え、痛めつけた張本人だ。翌日、馬丁から馬が一頭消えているとの報告を受け、さらには、鍵をかけていたはずの部屋からレイモンドがいなくなっていると聞いても追っ手をかける気になれなかったのは、微かながら悔恨の気持ちが芽生えていたからだった。逃げたのならばもういい。とりあえず今は好きにさせておこう。そんなふうに思った。

しかし、正式にカワード卿からレイモンドこそがヴィクターの捜していた相手だったのだという報告を受けたからには、放ってはおけない。

「今すぐ陛下に謁見《えっけん》を申し出よう」

ヴァレンタイン公爵を制してレイモンドを取り返すには、それが一番早くて確実だ。問題は国王が若輩者のヴィクターをどこまで信用してくれるかだ。

ヴィクターは隠し扉を開け、宝石箱に大切に保管している半分に割られたペンダントトップを取り出した。天鵞絨《ビロード》の布でそれを丁重に包む。

「証拠の品はこれしかない。レイモンドは必ずこの半分を持っているはずだ。ぴったり合えばこれ以上確かな証はない」

「お供いたします、公爵さま」

「ああ。頼む」

ヴィクターは恭しく腰を折るカワード卿を従え、執務室を出た。

すでに日は沈みきっている。

このような刻限から王宮を訪ね、国王に謁見を願い出るなど通常は考えられないことだ。ヴィクターも無礼は承知の上である。必要とあれば多少の無茶もするつもりでいる。

馬車の支度をさせ、玄関広間まで出てきたときだ。

「あら、こんなお時間からお出かけですの？」

たった今車寄せに着き、薄紫色のドレスの裾を両手でたくし上げつつ石段を駆け上がってきたアデルと、ばったり顔を合わせる。

「また訪ねてきてくれたのか、アデル」

ヴィクターは慌ただしく最愛の妹を抱き寄せ、頬にくちづけした。

「せっかく晩餐《ばんさん》をご一緒にと思ってまいりましたのに」

「許せ、火急の用件で陛下をお訪ね申し上げようとしているところだ」

「陛下をでございますか？」

まぁ、とアデルは奇遇を喜ぶようににっこり微笑む。

「それでしたら、きっと公爵さまもあちらでレイモンドさまとお会いになれますわ。羨ましい。でも、ヴァレンタイン公爵さまもご同席とお伺いしましたから、何か大切なお話し合いでもなさるのでしょうか？」

「待て、アデル。今言ったことは本当か？」

今宵ヴァレンタイン公爵がレイモンドを連れて国王を訪ねている――聞き捨てならない重大事に、ヴィクターはもちろん、傍らにいるカワード卿までぎょっとして「な、なんですと！」と気色ばんだ。

何も起きないはずがない。二人ながらそう予感したのだ。

ヴィクターに二の腕を摑んで揺さぶられたアデルは当惑し、怯えた目を向けながらも細い首を縦に振る。

「ええ、ええ、本当ですわ。私、急だとは思ったのですけれど、今夜レイモンドさまを観劇にお誘いして、それを理由に断られたのです。ですからこうしてこちらに……」

「わかった。ありがとう、アデル！」

「あっ、お兄さまっ！」

「申し訳ございません、アデルさま。失礼いたします」

「カワード卿！」

アデルを置いて走りだしたヴィクターに続き、カワード卿も石段を駆け降りてくる。

車寄せにはたった今着いたばかりの馬車がいた。

執事が慌てて扉を開き、踏み台を用意する。ヴィクターは風のように馬車に飛び乗った。カワード卿も太り気味の体を信じられないくらい俊敏に動かして乗り込んでくる。

「急げ、急ぎ王宮に向かうのだ」

ヴィクターの声で馬車はすぐさま走りだした。

「嫌な感じだ。とても、とても嫌な予感がする……！」

ガラガラと音をさせて揺れながら、相当な速度で進む馬車の中、ヴィクターは何事もなければいいがと祈るような心地だった。

「お気を強くお持ちください。大丈夫です、公爵さま。きっと、きっと間に合います」

カワードが必死になって励ます。ヴィクターも自分に大丈夫だと信じさせるつもりで、しっかりと頷いた。

とうとうヴァレンタイン公爵は最後の手段に出たようだ。それ以外、国王とレイモンドを引き合わせる意図は思いつけない。

「レイモンド、レイモンド、頼むから早まってくれるな」

ヴァレンタイン公爵の虚言に踊らされて、万が一にも国王を傷つけるようなことになったなら。真実を知ったとき、レイモンドは狂うかもしれない。

これ以上レイモンドの心に痛手を負わせるわけにはいかない。レイモンドはすでに十分傷つき、打《う》ち拉《ひし》がれている。ヴィクターは、知らなかったからとはいえ自らのしたことに唾棄したいほどの嫌悪感を抱きつつ、深い反省の意を込めて、これ以上はと繰り返し強く思った。

王宮までの道のりがこれほど遠く果てしなく感じられたことはない。

丘の上に聳《そび》え建《た》つ王宮の尖塔は、まだいっこうに見えてこなかった。

国王陛下と引き合わされたとき、レイモンドは畏怖の念で全身を緊張させながらも、得体の知れない親近感と安らぎを感じて不思議な気持ちになっていた。

「レイモンド、と申すのか、そなた」

帽子《ぼうし》を取って跪き、深々と頭を下げたままでいるレイモンドに慈愛の籠もった声をかけ、国王は自ら腰かけていた椅子を立ち、目の前まで歩み寄ってきた。いかにこの場が王の個人的な居間であったとしても、身分の低いただの一青年を相手に取る行動ではない。

「立つがよい。遠慮はいらぬ。立って余にその顔をじっくり見せてくれ」

そうは言われてもレイモンドはどう振る舞っていいものか躊躇った。

すると、レイモンドの左側に立ったまま恭しく腰を折っていたネヴィルが、「仰せの通りにするのだ」と促してくる。

レイモンドはゆっくりと顔のみを上げ、この部屋に案内されて入ったときにはとても直視できなかった国王の顔を、仰ぎ見た。

「おお、これは……！」

レイモンドを真っ向から見据えるなり、幾筋か皺《しわ》の刻まれた国王の表情に驚きが浮かぶ。優しげな灰色の瞳には、明らかな感動が浮かんでいた。

「これはまさに奇跡を見るようだ」

「似ておりますでしょう、陛下」

ネヴィルが傍らから口を挟む。

国王は、ああ、ああ、と人形のように首を縦に振り、僅かもレイモンドの顔から視線を離さぬまま、本物かどうか確かめるかのごとく顔の輪郭《りんかく》や髪に触れてくる。今晩のレイモンドはネヴィルの命に従い、蜂蜜色の髪をいつものように括らずに、肩から下の部分だけ緩く縦に巻いていた。その方がより在りし日の母を彷彿《ほうふつ》させると考えてのことらしい。

これで少しは国王が罪を悔いてくれるなら――。父と母も多少なりと浮かばれるだろう。ネヴィルによれば、国王は二人の間に子供ができていることは知らなかったという。だからレイモンドは助かったのだ、運がよかったのだと言っていた。もしその通りなら、今、さぞかし国王の気持ちは揺れているに違いない。レイモンドの姿を見て母を思い出し、どれほど腹立たしかったとしても殺させるのではなかったと後悔するのではないか。せめてそこに一縷《いちる》の希望を見いだしたかった。それならレイモンドも大それた復讐などという企みを捨てられる。国中の民から愛されている徳の高い国王を、私怨で手にかけなくてすむのだ。

レイモンドは希望を込めて国王を見つめた。

皆が信じている国王陛下像を、もう一度レイモンドにも信じさせてほしかった。血も涙もない暴君だなどと思いたくはない。

「……そなたの母君は、名はなんという？」

とうとう国王が聞かずにはいられなくなったように質問する。もしや、と考えたのだろう。

レイモンドがどう答えようかと返事を迷った一瞬の合間に、ネヴィルが揺るぎのない調子で口を挟んだ。

「フェリシアと申したのですが、昨年、父親共々事故で亡くなりまして」

「そうか。それで貴公がこの者の面倒を見てやっておるわけだな」

「少々縁がございましたゆえ」

ネヴィルはそつなくすらすら答え、国王に疑問を持たせない。

「よろしければ、今宵は陛下にレイモンドをお預けいたします。めったにないこの容色、一晩なりと陛下をお慰めできれば幸いと、実を申せば以前から考えておりました。そこに持ってきまして、園遊会の際に陛下がこの者に目を留められたとお聞きしましたときには、もっと早く私からお引き合わせするべきだったと申し訳なく思った次第です。この者も、陛下のお情けを頂戴できるとあらば光栄至極と感激いたしております。どうぞ、ぜひ伽《とぎ》をお申しつけくださいませ」

「まこと綺麗な髪をしておるな」

国王の指がレイモンドの髪を慈しむように撫でる。愛しくて愛しくて仕方がないといった気持ちが伝わってきて、レイモンドは心地よさについ目を細めていた。髪ばかりでなく、ときどき頰や顎にも指先が触れてくる。そのたびにレイモンドは純粋な慈愛の気持ちを感じ取り、気妙な情を湧かせた。

国王に亡き父を重ねてしまいそうになる。

ばかな、とレイモンドは慌てて自分を心の中で叱咤した。

「陛下。もしなんでしたら、私はこのままお暇乞《いとまご》いさせていただきましょう。晩餐をご一緒するのは別の機会にしていただいてもいっこうに構いません」

「そうか」

国王は先に引き揚げると言いだしたネヴィルを引き留めようとはせず、かえってそうしてくれれば嬉しいとばかりだった。

いよいよだ。

レイモンドは覚悟を決めて喉を微かに鳴らす。

「その方はそれでよいか？」

レイモンドを不安にさせぬようにと気を回してか、国王がわざわざレイモンドにまで意向を聞いてくる。

下々の者にまでこれほど気を遣ってくれる国王が、なぜレイモンドの父や母にはあれほどの非道を働けたのか……。レイモンドは不可解さを覚え、抑えようにも抑えきれない悲しみが込み上げてきて、目を潤ませた。堪えに堪えて涙こそ零さなかったが、一言でも喋ればたちどころに努力の甲斐なく泣いていただろう。

仕方なくレイモンドは、俯いたまま首だけ振って国王に答えた。

「無理はしていないであろうな？」

国王はさらにレイモンドを案じた。傍から見るとレイモンドは緊張して声も出せなくなっている気の毒な若者に思えるのだろう。

ネヴィルが威圧的な咳払いをする。

レイモンドに、くれぐれも失敗は許さぬと脅しをかけているのだ。

そっと視線を向けてネヴィルの顔を窺うと、ネヴィルは鋭い眼差しをしたままクイと顎をしゃくり、さっさと陛下にもっと甘えて取り入るようにと厳しく促した。

レイモンドはじっとしているわけにはいかなくなり、「失礼いたします」と一声かけて遠慮がちに立ち上がりかけた。

そのレイモンドの手を国王が自ら取って、立つのを助けてくれる。

国王の手は歳のせいかだいぶかさついているが、力強くて、冒しがたい品格があった。手一つにも高貴さが溢れている。

「抱きしめてもよいか」

「光栄です」

レイモンドはようやく国王に言葉を返すことができた。

「そなたは余がかつて愛した女に生き写しだ、レイモンド」

国王はくぐもった声でそう言うなり、マントの中に包み込むようにしてレイモンドの体をしっかり抱きしめた。

「あ……」

頬に国王の顎鬚《あごひげ》が当たる。

想像した以上の腕の力。そして、まだまだ頑健さを失ってはいない胸板。

抱擁されて、レイモンドはまたもや情けなくも泣きそうになってくる。この胸に感じるのは家族の間で交わされる無償の愛に似たものだ。色欲など微塵も感じ取れない。

「どうぞ、ごゆるりと」

抱き合う二人を冷めた目でしばらく見ていたネヴィルだが、皮肉げな笑みを浮かべると、お辞儀だけは慇懃《いんぎん》にして、踵《きびす》を返した。

「悪かったな、ヴァレンタイン公爵」

すぐ耳元で国王の声がする。喋ると重なった胸にも振動が伝わる。国王はなかなかレイモンドを放そうとせず、ずっと抱きしめたままだった。

暖かい。寂しさが癒される……。

こんな気持ちは久々だ。

なんという不幸だろうと、レイモンドは悲しくて悲しくて、胸を掻《か》き毟《むし》られるようだった。

「どうした。余にこうされるのは本意ではないか?」

「……いいえ」

否定しながらも、どうがんばっても笑顔を作れず、フッと国王を苦笑させてしまった。

「そなたは今にも泣きそうな顔をしておる」

父を思い出してしまうからだ。だが、そうは告げられない。ましてや、そんなふうに感じさせる国王に、先日ヴィクターに使おうとしたものに勝るとも劣らない猛毒を飲ませようと機会を窺っているから辛いなど、どうあっても打ち明けられるわけがない。

「晩餐前に酒などどうだ」

「ありがとうございます」

レイモンドが固辞することなく素直に受けると、国王はようやくレイモンドを抱く腕を緩め、離れる前にもう一度名残惜しげに長い髪に指を入れて感触を楽しむように梳《す》く。

国王が呼び鈴を振った。

軽やかな音が静かな空間に響き渡る。

すでにネヴィルは国王の居間を辞しており、目につく限り、近衛兵や侍従、女官の姿も見当たらない。

いっそもうこの機会に思い切って、とレイモンドは考えた。

途端に心臓が息苦しいくらい高鳴りだす。

これから晩餐、食後の寛ぎ、そして湯浴みをして寝所で二人きりになるまで待つなど、とてもレイモンドの神経は堪えられそうにない。どうせ殺すなら、情が増さないうちにと強く思った。

これ以上膨らめば、レイモンドにはとうてい復讐をやり遂げられそうになかった。

呼び鈴の音を聞き、侍従が姿を現す。

「酒の支度を」

「畏まりました、陛下」

侍従が、キャビネットからゴブレットとガラスのタンブラーに入った酒を取り出し、銀盆に並べて準備している様子を見ているうちに、まるでヴィクターを狙ったときを再現しているかのような錯覚に襲われて、レイモンドは眩暈を感じてきた。

「どうぞ」

銀盆を両手で持った侍従が、安楽椅子に座り直した国王に先にゴブレットを運び、続いてレイモンドにも残りの一つを取らせた。

用がすむと侍従は来たとき同様、静かに立ち去って、部屋には再び国王とレイモンドの二人きりになる。

——隙を見て、陛下のゴブレットに、指輪に仕込んだ粉末状の毒薬を落とせばいい……。

心臓が口から飛び出してしまいそうに緊張して、レイモンドは具合が悪くなりそうだった。右手をぎゅっと握りしめ、その拳の上に左手を被せる。そうしてそっと右手の薬指に嵌めた指輪を確かめた。大ぶりの黒い石がついた指輪には特殊な仕掛けが施されている。石を台座からずらすと、仕込んである毒薬が空洞から出てくるのだ。つい昨晩、国王暗殺用にとネヴィルから授けられたものだ。これなら寝所に持ち込んでも疑われない。

焦ってはまたヴィクターのときの二の舞だ。慎重に、慎重に、と言い聞かせていても、レイモンドの動悸は嫌でも高まった。

この張りつめた空気に神経が保てそうにないと、何度挫《くじ》けそうになったかしれない。

しかし、待った甲斐はあった。薬を投じるチャンスが、巡ってきたのだ。

重厚な両開きの扉が叩かれ、先ほどとは別の、口髭をたくわえた堂々たる体躯《たいく》の侍従が、複雑そうな顔つきでやってきた。肩章から侍従長だとわかる。

「どうした?」

「お寛ぎのところお邪魔しまして大変申し訳ございません、陛下。実は……」

そこで侍従が言いづらそうにしたため、国王はちらりとレイモンドに視線を流すと、「控えの間に行け」と侍従に命じた。控えの間とは、廊下と居間との間に位置する待機場所のことだ。レイモンドもそちらを通ってネヴィルに従いこの居間に入ってきた。

「レイモンド、ここで待っておれ」

「畏まりました……」

レイモンドは、これは罠ではないのかと訝りながら、国王の後ろ姿を見送った。できすぎている気がしてならない。

しかし、もう引き返せないところまできていた。

指輪の石をずらし、隙間から出てきた白い粉を、まずは迷わず自分のゴブレットに半分落とす。

それから意を決して、残り半分を国王が置いたままにしていった酒に落とそうと、ゴブレットに指をかけたときだ。

「レイモンドっ!」

叫び声と同時に、閉まっていた扉が勢いよくバーンと開かれる。

「ク、クレイトン公爵……！」

ヴィクターだ。

やはり罠だったのか。

レイモンドは次の瞬間、恐れも躊躇も覚える暇なく、すでに毒薬を投じていた自分のゴブレットを取り上げると、いっきに中身を呷《あお》ろうとした。

「やめろっ、飲むなっ！」

怒声、そして、ヒュンと風を切って飛んできた銀色に輝く鋭いもの。

レイモンドはハッとして身を強張らせた。

手に持って、まさに口をつけんとしていたゴブレットが勢いよく弾き飛ばされる。ゴブレットは空に舞い、床に叩きつけられてガシャーンと派手な音を立て、割れる。中身もすべて飛び散った。一瞬のことだ。その直後、ドスッと鈍い音がして、壁に短剣が突き刺さった。

「あ、……あ、……ああっ……！」

「レイモンド！」

自害さえ阻まれて取り乱したレイモンドを、飛びかかるように駆け寄ってきたヴィクターが強く抱き竦める。

「……あ、あ、あ」

レイモンドは惑乱してしまっており、声すらまともに出せなくなっていた。

そんなレイモンドをヴィクターは守り、庇うように懐に抱き、情愛に満ちた言葉をかける。

「大丈夫だ。もう心配ない。レイモンド、何も心配しなくていい、怖がらなくてよいのだ」

ぶるぶると激しく全身を震わせ始めたレイモンドに、ヴィクターは優しく強く、宥めて勇気づけるように言い募った。その間、ずっと片方の手でレイモンドの背中や頭をさすったり撫でたりし続ける。もう片方の腕は、レイモンドをしっかり抱いたままだ。

「私がいる。私は何もかもわかっている。安心しろ」

真摯《しんし》で優しく、誠実そのものの響きが胸に沁みてくる。

抱いてくる腕の力強さもレイモンドを次第に落ち着かせた。

「こ、公爵さま……」

高ぶりきって何も考えられなくなっていた状態が収まってくると、今度は自分のし損ねた事態が頭の中を占拠する。

「クレイトン公爵……さま。私は、わ、私は……陛下を……！」

恐ろしさに、両膝が萎え、立っていることすらできなくなりそうだ。

「死なせてください。それしかありません。……どうか最後に情けをかけてください」

他にどうすればいいかわからず、レイモンドは再び頭の中を混乱させつつ、今度は自分からヴィクターに縋った。

ヴィクターは辛抱強かった。一度落ち着いたものの、次には我に返って現実に怯えだしたレイモンドに、繰り返し励ましと癒しの言葉をかけ、抱く腕にいっそう力を込める。

「落ち着け。落ち着いて私の目を見るのだ、レイモンド」

ヴィクターに強く促され、レイモンドは涙の溜まった瞳でヴィクターを見上げた。

レイモンドにできるのは、ヴィクターの命に従うことしかなかった。

澄み切った、理知的な印象を強く与える瞳がレイモンドを見つめてくる。レイモンドは睫毛の一本も揺らさず、囚われたかのごとくヴィクターの目を覗き込んだ。視線を動かすどころか瞬きすることもできない。

どれくらいの間そうして見つめ合っていただろう。

複数の足音がして、開け放たれたままだった扉から数名が入ってきた。

「陛下」

ようやくヴィクターが腕を緩めてレイモンドを放す。

放された途端、レイモンドは支えを失った人形同然にカクンと膝を折り、床にへたり込んでいた。

「レイモンド」

ヴィクターに心配そうに声をかけられたが、国王と侍従長、そして扉の左右に直立不動で立つ近衛兵らの存在を意識すると、とても立ち上がって顔を見せる勇気はなく、壁に突き立っている短剣を借りて果てたかった。

国王がまっすぐレイモンドの前に歩み寄る。

レイモンドは生きた心地がせず、身を小さく縮こまらせた。

「……信じられぬ」

つくづくと見据えられる視線を感じる。しかし不思議と、国王の呟きにはレイモンドを咎めたり責めたりする響きは含まれていなかった。夢を見ているようだとばかりに、どこか感動すら混じって聞こえる。

「申し訳ありません、陛下。私がご報告するのが遅くなりましたがために、このような不手際が生じました」

俯いたまま身動きもできずにいるレイモンドに代わり、ヴィクターが畏まって謝罪する。

「いや。余はそなたに感謝しておる」

国王は唸るように言い、おそらく侍従長に向かってだろうか、「それを」と何事か指図した。

振り仰いで周りを見ることすらできずにいるレイモンドには、想像するしかない。

だが、俯いたままで許されたのはそれまでだった。

「レイモンド、これを見よ」

凛《りん》とした口調で国王直々に命令され、レイモンドはおそるおそる顔を上げた。

大きく顎を反らせて国王を見上げる。

国王の手には例のゴブレットがあった。

レイモンドが目を瞠る中、国王はいささかも躊躇うことなくゴブレットを傾けようとした。

「……お、おやめください……っ」

毒は入れていないはず、入れる寸前にヴィクターが飛び込んできて、入れなかったはず、とは思っても、混乱した状況だったので絶対とは言い切れない。

レイモンドは弾かれたように立ち上がり、声を震わせながら国王の腕に手をかけた。無礼だとか不敬だとか畏れ多いなどという考えは消し飛んでいた。そんなものが入り込む隙間もないほど、レイモンドは心配でいっぱいだったのだ。

すでに復讐という気持ちは失ってしまっていた。

誰を殺そうと父母が生き返るわけではなく、よりいっそうの悲しみを作り出すだけだ。もうたくさんだと思った。

レイモンドが止めるのも構わず、国王は酒を飲んだ。

「陛下っ」

レイモンドは悲鳴に近い声を上げ、今度は国王に縋ったまま膝を萎えさせかけた。

すかさず国王が左腕でレイモンドを抱き支える。

「何事もない」

国王はゴブレットを侍従長に預け、両腕でレイモンドを抱き直し、フッと笑ってみせながら断言した。

「何事もなかったのだ。この場にいる皆が承知している」

「……陛下」

不問に付すと言われているのだ。そのために国王は万が一があり得たにも拘らず、レイモンドの潔白の証として酒を飲んでみせたのである。

レイモンドは驚きと感謝の気持ちで声も出なかった。

これほど深い慈悲を受けたのは初めてだ。

「私は、私は……これからどうすればよいのでしょうか。どう償えば許されるのでございましょうか」

涙が止めどもなく次から次へと零れてくる。

国王はそんなレイモンドを抱擁したまま、「クレイトン公爵」とヴィクターに声をかけた。

はっ、とヴィクターが進み出る。

「そなたの言う証拠の品をあらためさせてくれ」

「畏まりました」

ヴィクターは恭しく一礼し、廊下に控えていた従者を呼び入れた。

従者が捧げ持ってきた繻子張《しゅすば》りの箱を受け取ると、蓋を開けて国王に差し出す。小ぶりな宝石箱だった。そっと遠慮がちに視線を向けたレイモンドは箱だけ見て、いったいなんの証拠なのだろうと恐々としながらそのままもう一度目を伏せた。

「おお、間違いない」

腕を伸ばして宝石箱から何かを手に取った国王が、レイモンドのすぐ耳元で懐かしさに満ちた声を出す。

「これは確かに余がアデレイドに贈ったもの。王家の紋章入りの、金のペンダントトップだ。真ん中から真っ二つにされているが、相違ない」

国王の言葉を聞いたレイモンドは、ぴくりと肩を揺り動かした。母の名が出たこともだが、それより、真ん中から分割された金のペンダントトップというのに胸がどきりとした。

服の上から胸元に触れる。指先で、いつも首にかけているロケットを確かめた。

「そなたの父はこれをロジャー・ウェッブから預かったと申したのだな?」

「はい陛下。レディ・アデレイドが無事陛下のお子さまをご出産あそばしたこと、万一の時のためにお子さまにこのペンダントの半分を身につけさせ、ご身分の証となるようにしたことなどをしたためた手紙がこちらに」

「見せてくれ」

国王はいくぶん急いた調子で言うと、ヴィクターの手から古くなって黄ばみかけた封筒を受け取り、中の手紙に目を通す。

その間、レイモンドの心臓は壊れそうなほど弾んでいた。動悸が激しすぎて痛みすら感じる。

そんな、そんな……そんなはずない——!

これは何かの間違いだ。ヴィクターはきっとどこかで大きな勘違いをしているのだ。

レイモンドは気を抜くと叫びだしてしまいそうなほど驚愕し、世界が足元から崩れ、見知らぬ場所に一人投げ出されたような気持ちになっていた。

国王が手にして凝視している手紙の文面は、少し斜め後ろに視線をやるとレイモンドにも見えた。見覚えのある筆跡。父の字だ。いや、今の今までずっと父だと信じていた人の字だ。

それでもまだ往生際悪く何かのからくりではないかと疑おうとしていたレイモンドの考えを、国王が打ち消した。

「確かに本物だ……。余はウェッブの筆跡は知らぬが、アデレイドの署名は見間違わぬ。文面の最後に添えられたこの署名。アデレイドのものだ」

　国王の声も微かに震えを帯びてきた。その震えは、激しい歓喜に見舞われたがゆえのもののようだ。

「レイモンド」

　切羽詰まった声で国王がレイモンドを呼ぶ。

　レイモンドは唇をぴくぴくと引きつらせながら、少し体を離して国王と向かい合い、泣き笑いを浮かべてくしゃくしゃになった国王の顔をただ見つめた。何か言いたいのだが言葉が出てこない。何を喋ればいいのかまったく思いつけず、当惑するばかりだった。

「似ているとは思っていた。似ているどころか生き写しだとすら思い、世の中にはこんな偶然もあるものなのかと驚いていたのだ。そなたがアデレイドの息子だということは疑わぬ。この髪、この目、この唇。もしクレイトン公爵の注進がなかったなら、余は今宵そなたを褥《しとね》に連れていくところだった」

「……わ、私は……私は、何も存じませんでした」

　国王の言葉を受けて、レイモンドもようやく口が利けるようになった。乱れに乱れていた気持ちが収まり、徐々に考える余裕ができてくる。

「そなたは、このペンダントの片割れを持っているのだな？」

「持って……おります……」

レイモンドはもう一度胸元に手をやり、消え入りそうな声で答えた。

「見せてくれ」

名残惜しげにレイモンドを抱く腕を下ろし、国王は微かな焦りと大いなる期待を含んだ顔つきで促した。

レイモンドは覚束ない手つきでリボンタイを解き、ブラウスの襟に指を入れ、鎖を引いてロケットを服の上に出した。そうやって首から外すところまではなんとかなったものの、指先の震えが収まらず、なかなか蓋を開けられない。

見かねた国王が自らロケットを開く。中に入っているのは写真だ。アデレイドとロジャー・ウェッブの顔が並んでいる。それを見た国王の目がすっと細まり、表情に愛情やせつなさのようなものが浮かぶ。

「写真の下に、もう一つ隠し蓋が……」

レイモンドは控えめに教えた。

二人からやや離れて立っていたヴィクターが、なるほどそうなっていたのか、とばかりに嘆息する。レイモンドはこの場にヴィクターも立ち会っていることを、心強く感じた。また、一抹の気恥ずかしさも覚える。ヴィクターには醜態を晒してばかりだ。裸の自分を見られている気がする。

国王は隠し蓋を慎重に開け、おお、と目を瞠った。

二つに分けられたペンダントトップを、ヴィクターが捧げ持つ宝石箱の台座の上で合わせる。

「ぴったりでございます」

ヴィクターの言葉に国王も深く頷く。

レイモンドはそれを半ば他人事として王の懐に抱き込まれたまま見ていた。どう反応すればいいのか、さっぱりわからなかったのだ。

「お信じになりますか？」

「むろんだ、クレイトン公爵」

国王は勢いよく断じると、両腕でレイモンドの頭を包むように抱き、髪を指でくしゃくしゃに交ぜて愛撫する。頭皮を撫でられる心地よい感覚と現実味を帯びてきた幸福感で、レイモンドは胸が熱くなってきた。

「そうか、そうだったのか。余はあれに裏切られたわけではなかったのだな」

「レディ・アデレイドは身を挺《てい》して陛下のお子さまをお守りになったのです」

ヴィクターが神妙に、痛ましげに言う。

それを聞いて、レイモンドの心にも悲しみがぶり返し、止めどもなく涙が溢れだす。

「愚かでした……私は愚かでした、公爵さま」

顔だけヴィクターに向け、涙声で嘆いたレイモンドに、ヴィクターはこれまでとは打って変わってあらたまり、敬意を込めた口調で言った。

「いいえ。すべての根源はヴァレンタイン公爵です。公爵の命令でレディ・アデレイドとウェッブ卿を殺した男も捕らえました。まったく事情をご存じなかったあなたに次から次へと嘘を吹き込み、ついには実のお父君であらせられる陛下にまで手をかけさせようとした非道な遣《や》り口《くち》、それも動かぬ証拠です。あなたを最初にヴァレンタイン公爵と引き合わせたダレン・ベローも、実は公爵に脅されて言いなりになっていたのですよ。おまけに用済みと見なされた途端、口封じのために危うく殺されかけたところを、なんとか逃れて隠れていました。ベローも証人の一人になります」

レイモンドは今さらながらにネヴィルの狡猾さ、非情さに身震いが起きた。

あと数刻ヴィクターが来るのが遅ければ。レイモンドは自分の手で本当の父を殺してしまうところだったのだ。

ちらりとでもそう考えると、生きた心地もしないくらい恐ろしさによろめきそうになる。全身が瘧《おこり》に罹《かか》ったようにガタガタと激しく震えた。あまりの衝撃に、今にも意識が遠のきそうなほどの息苦しさを覚える。

ぐらりと首が大きく後ろに傾ぎ、体が仰け反った。

「危ない……！」

そのまま倒れそうになったレイモンドを、ヴィクターがすかさず背後からがっちりと受け止めた。頼りがいのある腕と胸板でレイモンドを支えてくれる。

ヴィクターはレイモンドを手近の椅子に座らせると、膝の上に乗せた手を力強く一握りし、もう何も心配する必要はないと、瞳の色合いで伝えてきた。

きゅっと胸が引き絞られる。

できればもっと傍にいてほしい……そんな気持ちになる。

ヴィクターはレイモンドの気持ちを察してくれたのだろうか。しばらく足元に膝を突いたままレイモンドの顔を見上げていたが、やがてふっとやるせない表情を浮かべ、どこか自嘲気味に苦笑した。慇懃に一礼して立ち上がり、離れていく。

そうしているうちにも国王は一刻の猶予《ゆうよ》もならぬと、事を進めていた。

「すぐにネヴィルを引っ立てよ。クレイトン公爵と入れ違いに辞したゆえ、そろそろ居城に着いた頃であろう。今すぐ捕らえてくるのだ。そして洗いざらい白状させろ」

「はっ」

国王の命で直ちに近衛隊長が動く。

侍従長は、王室に生じた一大事をすぐにも報告して検討させるため、さっそく大臣たちを集める手配に立つ。

慌ただしくかつ緊迫した空気が周囲を包む。

レイモンドは自分にも何かすることがあるだろうかと考えたが、結局思いつかず、己が発端の騒ぎをどこか遠くで起きている出来事であるかのような感触を持ちつつ、椅子に座って見守るしかなかった。

居間に残ったのがヴィクターとレイモンド、そして国王の三人になった時点で、ヴィクターも席を外すことになる。

「それでは私もこれで失礼いたします」

国王は頷くだけで引き留めない。

レイモンドは急に心細くなったが、ヴィクターに何も言えなかった。もっと傍にいてほしかったが、国王が自分と二人きりで話をしたがっているのがわかったため、その意を汲んで控えたのだ。わがままを言って困らせるわけにはいかないと自分を律した。ヴィクターは本当によくしてくれた。一度は殺されかけたにも拘らず、国王への忠誠心からレイモンドを許し、力さえ貸してくれたのだ。これ以上自分のために何かしてくれと望むのは厚かましすぎる。

ヴィクターは最後にもう一度レイモンドの足元に跪き、真摯な顔をして頭を下げた。

「いろいろとご無礼をつかまつりました。知らなかったこととはいえ、本当に申し訳なかったと悔いております。どうか、あらためまして殿下に、生涯の忠誠をお誓い申し上げること、お許しくださいませ」

「……そんな。そんな、……困ります、公爵さま」

あまりにも馴染みのない遇され方に、レイモンドはおおいに慌て、当惑する。

「ヴィクターとお呼びください」

戸惑ってしどろもどろになるレイモンドに構わず、ヴィクターは淡々と告げ、忠誠の証にレイモンドの手の甲にくちづけする。

レイモンドこそヴィクターに、これまで通り呼び捨てにされたかった。突然の立場の逆転に頭がついていかない。非常に心地悪く、また無性にせつなくて心許なさが増していく。考えてみればおかしなものだった。レイモンドにとってヴィクターという男は、元から敵と恨めしく思いこそすれ、頼りになる存在などではなかったはずだ。あまりにも一度に環境が変わってしまったため、ヴィクターくらいしか多少なりと知っていて心を開ける相手がいなくなったためだろう。

突如として実の父親が別にいたと知った驚き、しかも、あろうことか国王陛下だったとわかって受けた衝撃には、もちろんおおいなる嬉しさとありがたさが含まれている。だが、それと共にレイモンドは失ったものや遠のいたものの存在を強く意識しないではいられない。

その一つが、ヴィクターだ。ようやく近づけたかと思った瞬間、今度は別の意味で遠くなった気がする。ヴィクター自身がレイモンドから遠離《とおざか》ろうとしているのだ。

「どうぞ、これから先はお二人で水入らずのお時間をお過ごしくださいませ」

最後に国王にそう告げると、ヴィクターは扉を閉め、出ていった。

残されたレイモンドに国王が慈愛に溢れた眼差しを注いでくる。

ああ、このお方が父なのだ——レイモンドは魂で感じ、ぎこちなく微笑み返す。

「何から話せばいいだろう」

「陛下は、私に何かお尋ねになりたいことがございますか？」

国王からの問いかけに、レイモンドはなんでも話しますという気持ちを込めて答えた。

「あるとも、すべてだ、レイモンド。そなたが覚えている限りを、赤ん坊の頃からすべて話して聞かせてもらいたい」

迷わず国王が真剣に言う。

「長くなってしまいます」

レイモンドは躊躇った。本当に長い長い話になりそうなのだ。

「構わない。今宵は眠らぬ。時間はまだ十分ある」

「……はい」

気恥ずかしくて、今すぐこの場で国王を父とは呼べなかった。国王もそれは承知しているようで、そのことに触れようとはしない。そういった気遣いもレイモンドには嬉しかった。ずっと父親だと信じてきたウェッブ卿同様、国王のことも素晴らしい父として愛せそうだ。

レイモンドはこれまでのことを、ぽつりぽつりとはにかみながら語り始めた。

国王はときおり相槌《あいづち》を打って頷きながら耳を傾ける。

ヴァレンタイン公ネヴィルがすべてを白状し、さらには緊急に開かれた大臣らの話し合いの場で、レイモンドを正式に王子として認めたという報告がもたらされたのは、夜明け間近、空がうっすらと白み始めた頃だった。

＊

「もう、国中が大騒ぎですわ」

アデルは温室にいたヴィクターの傍に急ぎ足で近づいてくるなり、興奮を隠しきれぬ表情で言った。

「そうなのか。まぁ、そうだろうな」

今朝開いたばかりの瑞々しい花を一つ一つ愛《め》でて歩いていたヴィクターは、自分でも素っ気ないと感じるくらい淡々と、関心のなさそうな返事をする。

案の定、アデルは不服げに、「もう、公爵さまったら！」と頬を軽く膨らませ、咎めるような眼差しを向けてくる。

「他ならぬ公爵さまのご功績ですのよ。近く、陛下からシースル勲章《くんしょう》を授けられるそうではありませんか。大変栄誉あることだと、宮廷中の噂になっておりましてよ」

「ああ。私もありがたいことだと思っているとも、アデル」

「……あの。お兄さま？」

アデルがつと眉を寄せ、心配そうにヴィクターの顔を覗き込む。

「もしや、まだご心配ごとがおありですの……？」

「いや」

ヴィクターは先ほどからと同じにまるで晴れやかさのない調子で一言に否定すると、脇に控えていた小姓の手から鋏を受け取り、慎重に選んだ濃いブルーの花を一輪切る。幾重にも花弁が重なった豪奢な印象のクラシカル・リュクスは、クレイトン公爵家お抱えの園芸家の手で作り出された希少種だ。華やかで高貴な佇《たたず》まいと上品な香りが、まるで貴婦人のような花である。

切った花をアデルに差し出して、ヴィクターはゆっくり歩を進めた。

「以前ちらりと仰っていた波止場の倉庫に入ったままの荷物のことは、もう解決なさいました？」

ヴィクターが塞ぎ込みがちなのを慮《おもんぱか》ってか、アデルはそんなことまで気にかける。

これにはヴィクターも心地悪くなり、無理をしてでも笑ってみせた。

「その件ならとうにうまく片づいた。取引は以前にも増して順調だ」

「よかった！」

アデルは心底ホッとした様子でクラシカル・リュクスを鼻に近づける。

「もうヴァレンタイン公爵家の横槍《よこやり》が入るようなこともないでしょうから、安心ですわね」

「……そうだな」

横槍を入れたくとも、ネヴィルは爵位を剝奪されたうえ、国外に追放されている。裁判は異例の早さで行われ、二度の審議でけりがついた。事件が起きてから処分までの間は僅か月の半分だ。

今、どこに行っても皆が口に上らせる話題の一つは、国王の従弟で大貴族だったネヴィルの反逆と失脚に関することだ。だがそれも、国王に成人した息子がいることがわかり、来月にも立太子《りったいし》の式典とお披露目《ひろめ》がなされるという一大事に比べれば、小さなものだった。

「特にご心配ごとがないのでしたら、もっと喜ばしいお顔をなさってもよろしいのじゃないかしら……？」

そう言ってアデルは小首を傾げる。

「きみは、大丈夫なのか」

今度はヴィクターからアデルに聞いてみた。

「レイモンドがただの青年ではなくなって、簡単には会えなくなっただろう。寂しくないのか？」

「もちろん寂しいですけれど」

アデルはほうっと諦観の溜息をつく。俯き加減になった横顔は愁《うれ》いを帯び、以前よりぐんと大人びた印象を与えていた。いつの間にかすっかりレディの風格を身につけている。普段離れて暮らしているヴィクターには、アデルが日ごと大人の女性になっていくのがつぶさに感じられた。

嬉しいような、まだもうしばらく元気で甘え上手な少女でいてほしいような、複雑な気分だ。

「でも、これで逆にずいぶん楽にはなりました」

「どういう意味だ？」

「なんと申し上げればおわかりいただけるかしら」

細い指でこめかみを押さえつつ、アデルはしばし言葉を探す。

「最初から、私ではレイモンドさまのお心は摑めない気がしておりました。もちろん、認めたくはなかったのですけれど、お会いするたびに胸がもやもやして苦しかったの。レイモンドさまは私よりもむしろ公爵さま……いえ、お兄さまに関心をお寄せのようでした。話すことの大半はお兄さまについてのことで、私ちょっと妬《や》いていましたわ」

「私のことといっても、べつにきみがヤキモキしなければならないような話ではないだろう」

単にヴィクターの生活習慣や嗜好など、復讐のために必要な情報を得るのが目的だったに違いない。ヴィクターはそう思ったのだが、アデルは軽く唇を尖らせ、「婦女子の勘を侮られては困りますわ」と冗談めかして苦笑する。

「たぶん、レイモンドさま自身も、意識なさってはいらっしゃらなかったのかも」

「どちらにしても、今となっては次期国王となられる雲の上のお方だ。諦めがついているのなら、それはそれでよけいな苦労をせずにすみ、きみの幸せのためには好都合かもしれない。実際問題として、きみを奸計渦巻く王宮にやるのは、私もいささか心配だ」

「あら。私はそういうことには怯《ひる》みませんけれど。それより大切なのは、殿下の本当のお気持ちがどちらにあるのかということです。……違うかしら？」

「いや。きみの言う通りだ」

ヴィクターは冷静で聡明な異母妹が誇らしくなった。この分ならば、きっと心の痛手も小さいだろう。アデルがもっと消沈しているのではないかと危惧していたヴィクターは、密かに安堵する。

「そろそろ屋内に戻ろう。熱いお茶でも飲まないか」

「ええ、ぜひ」

アデルはヴィクターの腕に自分の腕を絡ませると、羽織っていたケープの前を合わせ、飽きぬ様子で切り花の香りを楽しむ。

「次の季節には、本格的にクラシカル・リュクスの生産を始めるつもりだ」

「また新しい事業を展開なさいますのね」

「それ以外、今の私の興味を引くことはないからな」

アデルをエスコートして温室を出て、冷たい風の吹く戸外をゆっくりと歩きながらヴィクターは自嘲気味に言った。

「つくづく面白みのない男だと自分でも思うのだが」

「でも、私は公爵さまのこと、好きですわ。敬愛しお慕い申し上げております。実は血の繋がった兄妹だと知ったときには一晩泣き明かしました。嘘だとお思いになる？」

「……知らなかった。それは光栄と言うべきか」

「いっそのこと公爵さまが殿下とお結ばれになられるというのはいかがでしょう？」

「冗談にも程があるな、アデル」

内心ドキリとしながらも、ヴィクターは逆にそれを隠すように、まったく請け合わないふうを装った。間違ってもレイモンドがそんな気持ちになるはずがない。ヴィクターはレイモンドにとても酷い真似をしたのだ。頼るもののない心細い状況から脱し、申し分ない身分と、実の父親を得た今、ヴィクターのことなど脳裏を掠めもしないだろう。それどころか、忌まわしい記憶として一刻も早く忘れたいはずだ。

「殿下は私のことなどすでに頭から消し去っておられるだろうよ」

ヴィクター自身はレイモンドとの間に決着がつき、レイモンドが自分と関わりのない存在になった途端、かえって印象深くなり、情愛や執着が増していた。最初は煩《わずら》わしいやつだと思って慎重に構えていたはずが、いつの間にやらすっかり心を奪われ、魅せられている。よもやこんなことになるとは思いもしなかった。不覚だ。

いったいレイモンドのどこにそれほど惹かれるのか。あの類《たぐ》い稀《まれ》な美貌だろうか。それとも細くて儚げな雰囲気のわりに意地っ張りでプライドが高く、一本芯が通っている気質だろうか。こうして考えてみても、自分の気持ちの動きを簡単には説明できない。

忘れよう、忘れなくては、と必死になっているのは、本当のところヴィクターである。そのくせ、レイモンドはすでに自分を忘れているだろうと口に出してみたとき、なんとも言いしれぬ胸苦しい気持ちになった。本音は決して忘れられたいと望んでいるわけではない、むしろ逆なのだ。そのことをひしひしと思い知らされる。来月、無事立太子の儀を終え、晴れて王子殿下となったレイモンドに会うときまでには、なんとか心の整理をつけておきたいと願うばかりだった。

ところが——。

異変が起きたのは、まさにその晩である。

「誰だ、そこにいるのは……！」

深夜、あるはずのない人の気配に、ヴィクターは毛布をはねのけ上体を起こした。

暗闇に目を凝らす。

天蓋の陰から微かな息遣いが聞こえる。

そこか、とヴィクターは狙いを定め、身構えた。

一難去ってまた一難だ。神はヴィクターにおちおち寝ることもお許しにならないつもりらしい。

忌々しさに舌打ちしそうになる。

「出てこい。そこにいるのはわかっているぞ」

ヴィクターは威嚇《いかく》するように声を張り上げ、枕の下に常に用意している短剣に手をかけた。

主の寝所にまで不審者の侵入を許すとは言語道断、いったい護衛らは何をしていたのか、と憤《ふん》懣《まん》でいっぱいになる。

「さっさと姿を見せろ！」

息を潜めて動かぬ侵入者に苛立ち、ヴィクターが短剣を鞘から抜こうとしたときだ。

窓に隙間が開いていたらしく、冷たい風が一筋吹き込んできて、記憶を揺さぶるほのかな香りをヴィクターの鼻先まで運んできた。

オスマンサスの上品な香り。

ヴィクターははっとして、まさか、と目を瞠った。

「……レイモンド？　そこに潜んでいるのは、もしやきみなのか？」

「クレイトン公爵」

天蓋が揺れ、後ろからほっそりとした人影が躊躇いがちに現れる。

間違いなかった。

暗闇に慣れてきた目が、長いマントを纏ったレイモンドの姿をしっかり認める。

「いったい何事ですか、殿下」

「クレイトン公爵、私は……私はどうしてもあなたが……」

レイモンドは喉を詰まらせ、やっとそれだけ声にすると、激しい感情が堰を切ったかのごとくいきなり身を投げ出すようにして、ヴィクターの胸に飛び込んできた。

「レイモンド……！」

一瞬、刺されるのかと思った。それ以外、レイモンドがヴィクターの胸に飛び込んでくるような事態が起きるとは考えられなかったからだ。

刺したいのなら刺されてやろう。

ヴィクターは自分でも驚くほど潔くレイモンドの手にかかる気になった。手にしていた抜きかけの短剣を床に投げ捨てる。

だが、ふわりとしたオスマンサスの香りと共に懐に入り込んできたレイモンドは、心臓を狙うのではなく、情動に駆られた様子で、ヴィクターの唇を塞いできたのだ。

柔らかな唇がヴィクターの口に熱っぽいくちづけをする。

「レ、レイモン……ドッ」

なんのつもりだ、と頭が混乱してきたが、ヴィクターはレイモンドの細い体を引き剝がそうとは考えもしなかった。

反対に夜気に冷えたマントごとレイモンドを抱きしめる。

荒々しく息を継ぎながら、互いに互いを貪るようなくちづけは長く続いた。

「ごめんなさい。……ごめんなさい、公爵」

ようやく唇が離れたとき、レイモンドは今にも泣きそうな声で小さく謝った。

「しっ」

ヴィクターはレイモンドの濡れた唇に指を立てて黙らせると、頰に軽く一つくちづけをし、寝台の脇にあるチェストの上に立つ燭台に手早く火を灯す。

蝋燭の光で周囲が柔らかく照らし出された。

明かりの下でヴィクターはレイモンドの顔をじっくりと見る。

何日ぶりだろう。最後に手の甲に忠誠のくちづけをして別れてから、月の半分は過ぎているは

ずだ。その間に、季節はすっかり寒の頃に入ってしまっていた。

「どうやってここまで来たのです？」

「アデルに鍵を借りました。中庭までの隠し通路の窓は小姓に言って開けさせておくからと」

「……驚いたな」

いつの間にアデルはこんな突拍子もないことに協力する気になったのか。昼間話をした限りでは、そんなことを考えているふうには見えなかった。

「私が彼女に頼んだのです。できればひっそり夜中に忍んでいきたい、お目にかかりたいと」

「なぜ？」

理由を問うと、レイモンドはじわりと面映ゆげに顔を伏せた。

うなじで一纏めにした蜂蜜色の髪が蝋燭の光を受けて輝く。

ヴィクターは思わず指を通して触れたくなった。レイモンドの背中に左腕を回して緩く抱き寄せ、艶やかな髪に右手の五指を差し入れる。

手入れが行き届き、一段とさらさらになった髪からサテンのリボンが滑り落ちる。

ヴィクターは長い髪を手に巻いて鼻に寄せた。オスマンサスの香りは洗髪剤の中にも一滴垂らされているようだ。うっとりする香りに包まれる。レイモンドの匂いだと思うと、体の奥がじんと痺れる恍惚感が走った。

「私のことは、お恨みではないのか、殿下」

「いいえ」

レイモンドは顔を上げ、そんなばかなことはあり得ないとばかりに顔を歪めて否定する。

「あなたから煩わしく思われることこそあれ、私が恨むなど……」

「だが、こんなふうに大胆なことをされる謂《いわ》れをそれしか思いつけない」

「私自身にも、どうしてこんなにあなたに会いたいと感じるのかわからないのです」

レイモンドは今にも目から涙を零しそうになっている。潤みきった瞳をじっと見据えているうち、ヴィクターはどんどんレイモンドに心を捕らえられていくのを感じた。

「あなたはきっと混乱されているのだ。あまりにもいろいろなことがありすぎた」

「公爵は私が疎《うと》ましいですか？」

「まさか。私はあなたに忠誠を誓いました。お忘れですか」

「私が聞きたいのは……その、そういうことではなく……、こんなふうにはしたない真似をする私をどうあっても受け入れてはいただけないかという、至極個人的な気持ちのことなのです」

訥々《とつとつ》と恥じらいながら言うレイモンドを、ヴィクターは抱きしめずにはいられなかった。

ぎゅっと両腕で力強く抱擁《ほうよう》する。

あっ……、とレイモンドはあえかな声を洩らした。

頬に一筋つうっと、透明な滴《しずく》が跡を残して落ちていく。

「わ、私はたぶん変なのです。……どうしてこんな気持ちになるのでしょう。公爵、あなたならきっと答えを教えてくださされるのではないでしょうか……。だから、恥を忍んでこうして不埒《ふらち》な真似をしに来てしまいました」

「殿下、いや、レイモンド、私がきみに教えてやれるのは、私の気持ちだけだ」

それすらもヴィクターはたった今自覚したばかりである。

「どうやら私はきみに特別な愛しさを感じているらしい」

ネヴィルに引き合わされて初めて顔を合わせたときから、いずれこうなることは避けられなかったのではないか。ヴィクターにはそうとしか思えなかった。

「きみはいけない人だ」

まさかレイモンドから夜這いをかけられることになるとは想像もつかなかった。おかげでヴィクターは最初、みっともないほど動揺した。

「私を誘惑するとどうなるか、きみのこの淫らな体にたっぷり思い知らせてやる」

「……どうか、あなたの好きにして、公爵」

レイモンドは長い睫毛をふるるっと揺らし、甘く熱い期待に満ちた息をつく。

「いいのか、殿下。寝台の中ではこの私が貴いあなたの支配者になっても？」

「私の望みもきっとそこにあるから構わない」

もはやヴィクターに迷う理由は一つもなかった。

襟と袖、ケープの縁に毛皮のついた天鵞絨《ビロード》のマントを開き、肩から落とす。

レイモンドがマントの下に身につけているのは、薄地のブラウスとズボン、そしてブーツといったところで、真夜中になって部屋からこっそり抜け出してきたのが一目瞭然だ。

ヴィクターはまずブーツを脱がせ、そのままレイモンドをシーツに仰向けに押し倒すと、体重をかけてのしかかった。

レイモンドの心臓は壊れてしまうのではと心配になるほどトクントクンと動いている。互いに薄物一枚身につけただけなので、動悸と肌の熱とが交じり合い、どこまでが自分で、どこからが相手なのかも曖昧だった。

ヴィクターがレイモンドの唇をこじ開けるようにしてくちづけすると、レイモンドはビクッと全身を震わせ、そっと目を閉じる。

隙間から舌を差し入れ、柔らかく甘い唇を合わせる。

「……あっ」

敏感なレイモンドはビクンビクンとひっきりなしに反応し、けなげに自らも舌を絡ませてくる。

ヴィクターは唾液を掻き混ぜ、舐め取るほど濃厚なくちづけをたっぷり楽しみつつ、徐々にレイモンドの細身を露にしていった。

ブラウスをはだき、白くてなめらかな肌に手のひらを這わせ、指で辿る。

「あっ、……ん、……あ」

すでにレイモンドの感じやすい箇所は知っている。

脇を撫で上げ、豆粒のように凝《しこ》った胸の突起を摘んで擦り合わせたり、反対に押し潰したりして刺激する。

「ん……っ、ああっ、あっ」

レイモンドは首を振って形ばかりに嫌がってみせ、ヴィクターの二の腕を摑む。

「どうしよう、公爵…っ、感じる……あっ、あ！」

「感じさせようとしてやっているのだから感じてもらわないと困る」

「んっ……う」

嬌声《きょうせい》を上げさせては唇を塞いで声を途切れさせ、また離してはあられもない言葉を綴《つづ》らせる。

それを何度か繰り返していると、とうとうレイモンドはヴィクターの腕の中でぐったりとしてしまった。

額の生え際にうっすらと汗が浮いている。ヴィクターは髪を撫でながら、額に唇を滑らせて汗を拭い去ってやる。瞼の上や鼻の頭にも唇を押し当てた。

そうして隅々にまで触れていくうちに、レイモンドを愛しく思う気持ちはどんどん増幅していった。

前に酷いやり方で抱き、レイモンドを苦しめ抜いたときにも、ともするとちらちら情愛の気持ちが頭を擡げたが、こうして本当に愛情や慈しみのみでレイモンドに触れていると、胸の奥深くから幸福感が湧いてくる。

「なぜ私たちは違った形で出会わなかったのだろうな」

そうすれば最初から傷つけずにすんだ。愛だけを注いで大切にしてやれた。

「私が浅はかだったから。ごめんなさい」

「いや。それを言うなら私も同罪だ」

もっとよく調べていれば、レイモンドの正体に早く気づいたかもしれない。そう思うと、ヴィクターはどれだけ悔いても足りない。

「そんな私に求愛しに来るきみは、馬鹿がつくほどお人よしだ」

「私はずっと不安で寂しくて辛かった……」

焦ってばかりで、早く敵を討って父母の元に行けたらとばかり考えていた、とレイモンドは瞳を濡らしながら告白する。

「だから、あなたのちょっとした気遣いが、胸の奥の奥まで染み込むほど、嬉しかったのです」

「たいした気遣いもしていないはずだが」

「気を失った私を放り出さずに手当てしてくださいました。花壇が見下ろせるお部屋に寝かせてくださって」

「ああ、だが、きみは逃げた」

「ごめんなさい」

あのときはそうせざるを得なかったレイモンドの立場は理解している。ヴィクターも責めるつもりは毛頭なかった。

「もう逃げません……私もようやく自分の気持ちを悟りました」

レイモンドはそこでいったん言葉を切り、はだけられていたブラウスを自ら袖を抜いて脱ぐと、細く白い腕をヴィクターの背中に回してきた。

ぎゅっと渾身《こんしん》の力で抱きつかれる。

「本当の父を教えてくださって、一度は孤独な身の上だと諦めていた私に素晴らしい希望をくださって、言葉では言い表せないほど感謝しています。……ああ、でも、それだけではまだ心が満たされなくなっていることに気がつきました。私はなんて欲張りな男なのでしょう。自分でも呆れてしまいます。呆れるけれど、どうしても辛抱できなかったのです。矢も楯もたまらなくなって、今自分の気持ちに正直にならないと一生後悔する気がして」

熱に浮かされたようにに打ち明けるレイモンドの吐く息が、ヴィクターの官能を擽《くすぐ》り、体の芯をじゅわっと燃え立たせる。

ヴィクターはレイモンドの唇を啄《ついば》み、首筋や肩に指を這わせて熱となめらかな肌の感触を確かめた。

「お願いだ、公爵。私に、私にもっと情けをかけてください」

切羽詰まったようにレイモンドが望む。

喘ぐような声と必死の表情がヴィクターの心と体を高ぶらせる。

顎の下から尖った喉仏、そして鎖骨の窪みへと唇を辿らせながら、レイモンドの下肢を剝き出しにしていく。ヴィクター自身も身につけていた寝間着を脱ぎ、裸になった。

ヴィクターと同じで、レイモンドの中心もすでに硬くなっている。

互いのものを押しつけ、擦り合わせる。

「あ……っ、……あ！」

レイモンドは身を仰け反らせ、首を左右に振りながら感じている声を出す。

刺激を受けた陰茎はさらに硬さを増し、ときおりぴくぴくと竿全体を引きつらせる。

ヴィクターはレイモンドの太股に膝を入れて割ると、片方の足を抱え上げた。

「あっ」

物欲しげに息づく秘めた部分の窄まりが剝き出しになり、レイモンドが恥ずかしげに身動いだ。

舐めて濡らした指をそこにあてがい、つぷと爪の先を埋める。

「あ、あっ、あ……！」

レイモンドは頰を火照らせ、目を閉じたまま羞恥《しゅうち》に堪える表情を浮かべ、ますますヴィクターを煽る。

熱く湿った内側はヴィクターの人差し指を奥へ奥へと取り込むように収縮し、誘った。

「淫らだな、レイモンド」

「ご、ごめんなさいっ、体が……体が勝手に反応して」

「私にだけこんなふうになるのだと誓えるか」

「はい」

躊躇わずに返事をするレイモンドがどうしようもなくけなげで愛しく、ヴィクターは満たされて深く嘆息した。

いったん指を抜き、レイモンドの下肢に頭がくるように体をずらす。大きく開かせた足の間に身を置く形だ。

そうして目の前にある尻の左右に両手をかけて、恥ずかしい部分の襞をぐいっと押し広げた。

「いや……っ、見ないで、公爵」

レイモンドが狼狽え、声を震わせる。

構わずヴィクターは顔を埋め、いやらしくひくつくそこを、たっぷりと唾液をまぶした舌で舐《ねぶ》り立《た》てた。

「あああっ、あ、あっ」

繊細な皺を一本ずつまさぐるように舐め、舌先を尖らせて隙間からねじ込み中まで濡らす。

「あっ、あ、あああ」

レイモンドはシーツに爪を立て、全身を突っ張らせては、艶《なま》めかしい声を上げた。

秘部が濡れて柔らかく解れたところを見計らい、あらためて指で穿《うが》つ。まずは人差し指を一本、つけ根まで捻り込んだ。

「んっ……あっ、あ」

尖った顎を大きく後ろに反らせて喘ぐレイモンドの声には明らかな喜色が交じっている。しっとり潤った狭い内部はヴィクターの指を心地よく締めつけ、もっと拡げて擦りたて、刺激されたがっているかのような反応をみせた。

ヴィクターはすぐに指をもう一本足した。

「あああ！」

「痛くはないはずだ。きみの感じやすい胸も気持ちよさそうに突き出ている」

「で、でも……あ、あっ……だめ、動かさないで……っ」

「こちらの先端もびっしょり濡れているぞ」

言葉で苛《いじ》めつつ、ヴィクターはレイモンドをどんどん追いつめる。

先走りの蜜を零している陰茎を銜えて舌と唇で責めたり、左手を伸ばして乳首を摘んで抓ったり擦り合わせたりしながら、差し入れた二本の指でレイモンドの奥を蹂躙《じゅうりん》する。

指を纏めて抜き差しするたび、ぐちゅぐちゅと淫猥な水音があたりに響いた。

「ああ、あっ」

レイモンドは真っ赤になって両腕を顔の前で交差させ、恥じらう。そのくせ感じるのは止められないらしく、ひっきりなしに身をくねらせ、シーツを乱した。

舐めても舐めても蜜を滲ませる先端の隘路を舌先で嬲り、強く吸う。

「あああっ、だめ……、出る、出てしまう……！」

レイモンドの細い腰が激しく跳ねる。ヴィクターの口の中で果てるのを避けようとしてか、惑乱したように頭を振り、下肢を突っ張らせる。

「お願い、公爵、い、挿《い》れて。挿れてください」

赤裸々な哀願に呼応するように、指を銜え込んだ窄まりも淫らな収縮を繰り返す。

ヴィクターは誘惑に抗えず、口を離して指を抜き、全身しっとり汗ばんできたレイモンドのしなやかな裸体を抱きしめた。

「ここに私が欲しいのか」

猛った中心をぐっと押しつけて少々意地悪に聞くと、レイモンドは喉仏を上下させ、焦らさないでと恨めしげにヴィクターを見上げた。

「欲しいなら欲しいとねだってみろ」

「……欲しい」

悔しげに睫毛を揺らし、伏し目がちになって、レイモンドは小さく求めた。

「レイモンド」

抑えきれない歓喜が込み上げ、ヴィクターはレイモンドを抱き竦めたまま腰を突き上げた。

「あっ、あっ、あ、あああ！」

十分濡らして解れていたそこは、硬く張りつめて痛いほどに猛っていたヴィクターのものを待ちかねたように受け入れる。

熱く湿った粘膜に取り込まれ、引き絞られる感触に、ヴィクターは眩暈がするほどの愉悦を覚え、歓喜した。

「ああ、あ、公爵」

「レイモンド！」

「こんなふうにされたかった。公爵に、もう一度こうして私をめちゃくちゃにしてほしかった」

感情を溢れさせて言い募るレイモンドの目尻に光るものが浮かぶ。

「私をこんなふうにしたのはあなただ」

レイモンドは続けて言った。

今まで離れていた分を取り返すかのように、国王はレイモンドの傍らにつききりと聞く。傍から見ると宮廷で幸せいっぱいのはずだ。レイモンド自身、毎日過ぎるくらいの幸福を嚙みしめていると告白する。

「でも、胸の奥にどうしても塞げない空洞があることが日に日に強く意識されてきて……」

「それを癒すのがこの私だと？」

「ごめんなさい。公爵のことしか考えつけなかった。……他にこの空虚さを埋めてくれそうな方に思い至らなかった。もう一度情けをかけてもらえたら自分の気持ちがはっきりするかと思ったのです」

「……それで？」

ヴィクターは奥深くまで穿ったものをゆるゆると前後左右に動かしながら優しく問う。

「あ、あ……あっ」

「それで？　レイモンド」

次第に中を掻き回す速度を上げていきつつ、ヴィクターは再び返事を促した。本当はもう口に出して言わせなくとも答えはわかっている。だが、それでもやはり言ってほしかったのだ。

レイモンドはくっと唇を引き結び、ぷいと顔を横に倒した。

腰を打ちつけて抜き差しを続けつつ、ヴィクターは充血して赤らんだ胸の突起を摘み、弄る。

「はっ、あ、あっ、あ」

揺さぶられ、自らも堪らなそうに身悶えて、レイモンドはいっそう艶めかしく喘ぎだす。

「ああ、あ。好き。……好き、公爵！」

こんなふうにされるとレイモンドもヴィクターを無視しきれないようで、夢中になって再び背中に腕を回し、しがみついてきた。

「気がついたら、寝ても覚めてもあなたのことばかり考えていた」

「そうか。私もだ、レイモンド」

ヴィクターも正直に白状する。

それを聞いたレイモンドは、まさに花が開くように艶やかな表情を浮かべた。

「本当、ですか……？」

「私は嘘はつかない」

ヴィクターはきっぱり断じると、レイモンドの腰を抱え直し、二人一緒に法悦を極めるため、本格的に動き始めた。

「よけいなことはもう考えるな」

「あああっ、あ、あっ、あっ」

純白のシーツにレイモンドの綺麗な髪が乱れ散る。

抽挿する合間に弾ける寸前まで昂《たかぶ》った陰茎を扱いてやると、レイモンドは嬌声を放ち、全身を波打たせて果てた。

いくとき強く引き絞られたヴィクターも、続けてレイモンドの奥深くに放つ。

「公爵、公爵……、ヴィクター！」

レイモンドが感極まったように涙しながら、無我夢中といった感じでヴィクターの首を引き寄せ、息を弾ませたままくちづけしてくる。

ヴィクターも応えて喘ぐ唇を吸い、舌を搦め捕って唾液を啜った。

吐息を絡ませ、奪い、与え合う。

「どうか受け入れて。夜は私を思う存分支配して、ヴィクター。最初に私に言った言葉を、嘘だったなどと翻したりしないでほしい」

熱烈な感情を迸らせるレイモンドに、ずっと諦めなければと己に言い聞かせ続けてきたヴィクターの決意は脆《もろ》くも崩れ去る。

「君の気持ちと私の気持ちは同じだ」

いろいろあったが、ヴィクターの心に強く印象づいているのは、初めて顔を合わせたとき受けた衝撃と感嘆だ。

魅せられ、惹かれた。

「嬉しい……」

レイモンドがはにかみながらヴィクターの胸に顔を伏したまま告白する。

「両親の敵と思わなくてはならないはずなのに、どうしても気持ちが乱れて定まらなかった。でも、おかげで私は取り返しのつかない過ちを犯さずにすみました。あなたに毒を盛ろうとしたこともですが、なにより、実の父上をこの手にかけずにすんだことを感謝しています。公爵がいなければ、私は死んでも死にきれない思いをするところでした」

「ああ」

「好きです」

「私もだ。とうにきみの虜《とりこ》になっていた」

ヴィクターはそう言うと、照れくささをごまかすようにレイモンドの髪を手に巻きつけ、唇を寄せた。

レイモンドが潤んだ瞳をじっと向けてくる。

昼は臣下として忠誠を。

夜は恋人として愛を。

胸の中でヴィクターは強く誓った。

＊

レイモンドを正式に王子として国の内外に知らしめ、かつ、次期王位継承権第一位とする立太子の儀が執り行われたのは、新たな年が明けてすぐのことだった。

年明けは寒の頃の半ばにあたり、例年しんしんと雪が降りしきる時節だが、その日は天まで祝福してくれているかのごとく花の咲く頃に勝るとも劣らぬ上天気になった。

世界中から招かれた各国の王族らを筆頭とする賓客たちは皆、正装に身を固め、授けられたばかりの王冠を頭に載いたレイモンドの姿に惚れ惚れと見入り、溜息をつく。

気品に溢れた顔立ちと優しげだが意志の強そうな瞳——ヴィクターもあらためて感嘆し、国王の喜びの深さを察した。

「おめでとうございます、国王陛下。おめでとうございます、レイモンド殿下」

一人一人、招待客たちが順番に祝いの言葉を述べていく謁見の儀に入ったとき、ヴィクターは羽つきの帽子を胸に、跪いて深々と頭を下げた。ヴィクターの上着には、授けられたばかりの栄誉ある勲章が輝いている。

「そなたには大変世話になった。今後とも王子を助け、よき国造りのために力を貸してほしい」

「ありがたきお言葉を賜りまして恐縮です」

「どうかよろしくお願いします、クレイトン公爵」

続いてレイモンドが慣例に従い一言だけ言葉を添える。

ヴィクターは畏まって頭を下げた。

立ち上がって一礼し、国王と王子の前から退き、後続の閲見者に場を譲る際、ほんの僅かの時間だけレイモンドと目が合った。

たったそれだけでも心臓がざわざわと騒ぐ。

胸の奥がじんと熱く痺れてくる。

レイモンドがわかるかわからないかという程度に頬を染め、すっと睫毛を伏せた。

そのますぐに視線は逸れたが、ヴィクターの胸はしばらく高揚したままだった。

今宵、晩餐会が終わって皆が帰途についた後、王子の褥に忍び込み、朝日の最初の一筋に邪魔されるまで一緒にいたいと思う。

きっとレイモンドも同じ気持ちでいるだろう。

昼は侵しがたき高貴な殿下として君臨し、
夜はヴィクターにだけ艶っぽい姿を見せる愛しい恋人として――

POSTSCRIPT

HARUHI TONO

しばらくご無沙汰しておりました。前作から約一年空いてしまいましたが、貴族シリーズ9作目、お届けいたします。

今回のお話は、架空の王国を舞台に繰り広げられます王侯貴族たちの物語です。

権力争いと陰謀、復讐、人捜し、そして恋と愛——もろもろてんこ盛りな内容で進んでまいります。できるだけ華やかな世界になるように書いたつもりなのですが、いかがでしたでしょうか。少しでもお楽しみいただけましたなら幸いです。今回はエロティックな要素についても普段以上に濃厚になるようがんばってみました（笑）。

本作につきましてご意見ご感想等ありましたら、編集部気付でお送りいただけますと嬉しいです。今年はお手紙をくださいました皆様に、暑中見舞いとクリスマスカードをお返しさせていただく予定です。

本作品のイラストをお引き受けいただきましたのは、櫻井しゅしゅしゅ先生です。お忙しい中、大変素敵なイラストをありがとうございました。ラフを拝見して、かっこよすぎるヴィクターと、とっても美人で気品溢れるレイモンドに思わず自キャラ萌えしそうになりました。出来上がったノベルスを拝見するのが今から楽しみです。

いよいよ次回貴族シリーズが発行されますと、10冊目ということになります。ずいぶん気が早いと笑われそうですが、なんだかすでに感慨深い気持ちになっています。そうかこここまでこのシリーズ書き続けてこられたんだなぁ、みたいな。これも読者様を始め、たくさんの皆様に応援し励まし助けていただいたおかげです。ありがとうございます！

　記念すべき10冊目は、また日本の華族ものにしようかと考えております。発刊されました暁にはぜひまたお手にとっていただければ嬉しいです。今後ともがんばりますのでどうぞよろしくお願いいたします。

　文末になりましたが、この本の発行にご尽力いただきましたスタッフの皆様に厚くお礼申し上げます。いつも大変お世話になりまして、感謝しております。

　それではまたお目にかかれますように！

遠野春日拝

高潔な貴族は愛を得る

SHY NOVELS148

遠野春日 著

HARUHI TONO

ファンレターの宛先

〒101-0065 東京都千代田区西神田3-3-9大洋ビル3F
(株)大洋図書 SHY NOVELS編集部
「遠野春日先生」「櫻井しゅしゅしゅ先生」係

皆様のお便りをお待ちしております。

初版第一刷2006年4月5日

発行者 山田章博
発行所 株式会社大洋図書
〒101-0065 東京都千代田区西神田3-3-9大洋ビル
電話03-3263-2424(代表)
〒101-0065 東京都千代田区西神田3-3-9大洋ビル3F
電話03-3556-1352(編集)
イラスト 櫻井しゅしゅしゅ
デザイン Plumage Design Office
カラー印刷 小宮山印刷株式会社
本文印刷 株式会社暁印刷
製本 株式会社暁印刷

ISBN4-8130-1116-0

SHY NOVELS
好評発売中

遠野春日

貴族シリーズ
The series of Noble's love.

貴族と熱砂の皇子

画・蓮川 愛

「あなたは僕をどうしたい?」
中東の豊かな王国カッシナで、美貌ゆえに盗賊に拉致された竹雪は『砂漠の鷹』と呼ばれ、青い瞳を持つザイードの手により再び攫われてしまう。人の心をとらえずにはいない瞳、ぞくっとさせる声、それはカッシナへ来る飛行機のなか、竹雪を無遠慮にみつめ話しかけてきた男のものに違いない!! あの時から僕を狙っていたのか!? 竹雪は気丈に振る舞い、なんとか男から逃れようとするのだが。

貴族と熱砂の薔薇

画・蓮川 愛

「大人の恋を教えてやろう」!?

常々アシフのことをライバル視していたバヤディカ王国の王であるサファドは、高級リゾート地で恋人である竹雪を守るように愛しんでいるアシフの姿にアシフの弱みを知り、ある奸計を企てた。今度こそアシフを跪かせてやる、そのために竹雪を自分のものにしてしまおう、と。そんなことはなにも知らず、サファドの国への招待を受けた竹雪とアシフと恋の行方は!?

近日発売のSHY NOVELS♡

※確実に手にいれたい方は、書店にご予約をお願いいたします。

画・北畠あけ乃 このイラストは実際のイラストとは異なります。

4月24日発売予定

恋 私立櫻丘学園寮

橘 紅緒

「センパイが恋愛する相手は、俺じゃなきゃ嫌だ」私立櫻丘学園寮には、二年の先輩が新入生が寮に慣れるまで積極的に面倒を見る制度があった。そこで、三尾純弥は姫城忍を知り、恋をする。けれど、自分だけが姫城の特別ではないと知って…　せつない恋の物語。
大人気、私立櫻丘学園寮第二弾!!

4月24日発売予定

赤い呪縛

松田美優

「……俺にも、もっと、……優しくしろ」加藤日向。17歳。高校生。自分の魅力を知りつくしている彼は恋愛において、いつも勝者だった。けれど、次兄・龍昇からある日、弟として見るのはもうやめる、と宣言されてしまい…　超大型新人、鮮烈にデビュー!!　読み逃せないおもしろさ、ご期待ください!!

画・奈良千春 このイラストは実際のイラストとは異なります。

※この情報は2006年3月現在のものです。